光文社古典新訳文庫

二十世紀の怪物　帝国主義

幸徳秋水

山田博雄訳

kobunsha classics

光文社

Title : 廿世紀之怪物　帝國主義
1901
Author : 幸徳秋水

『二十世紀の怪物　帝国主義』　目次

第二章　愛国心を論ずる　26

訳者まえがき

この本には幸徳秋水の『二十世紀の怪物 帝国主義』と「死刑の前」が収められています。前者は、幸徳の最初の本で代表作の一つ。後者は、死の直前に監獄《かんごく》の中で書いた文章ですが、中断しています。著者自身の命が断たれてしまったからです。国家権力が幸徳の命を奪ったのです。

幸徳が生涯を賭《か》けて追い求めたのは、自由、平等、博愛（平和）でした。しかしながら、幸徳の生きた時代は「帝国主義」という「怪物」が世界中で荒れ狂っていました。「帝国主義」が意味する重要な要素の一つは、戦争へと突き進もうとする考え方・政策です。

幸徳はそれに強く反対しました。事実に基《もと》づく合理的な推論によって。その意味では「科学的」といえるでしょう（もちろん、だから絶対に正しい、ということではありませんが）。幸徳の批判の方法は——それこそが批判の名に値するでしょうが——、漠然《ばくぜん》とした思い込みや、独り善《ひとよ》がりや、その場の雰囲気や、「架空なる観念」に基づいて話をする者に対して、また自分に都合の悪い事実を隠したり歪曲《わいきょく》してものをいう論者に対して、醒《さ》めた笑いともなって現れています。

『二十世紀の怪物　帝国主義』が書かれてからおよそ百年、その間の歴史的事実を、私たちは知ることができる――つまり、事実に照らして幸徳の書いたことを検証することができる――位置にいます。

そこから考えると、自由、平等、平和のためには、本当は次のどちらが大切でしょうか。幸徳の考え方か、それともその言論を封じて幸徳を処刑した側か。どんな場合にも絶対はないかもしれません。しかし、ごく単純に比較してみても、どちらが目的を達するために、より被害の少ない考え方・やり方かということは言えるでしょう。それを判断できる位置に今、私たちはいるはずです。

愛国心とか戦争とかいう言葉が今もよく聞かれるとすれば、幸か不幸か、この本を読む意味は少しも減じていない、いやむしろ増しているといえるかもしれません。

「読書するとは、自分でものを考えずに、代わりに他人に考えてもらうことだ」（ショーペンハウアー。鈴木芳子訳）。これは読書への批判ですが、しかしヘタな考えナンとやらということもあり、これを逆手《ぎやくて》にとって、先人がすでに徹底して考えていることを読んで、自分の考えを発展させていくこともできるでしょう。それもまた古典を読む面白さの一つです。

二十世紀の怪物　帝国主義

『帝国主義』へのはしがき

人類の歴史は、たえず信仰と腕力が勝ち負けを争う歴史である。あるときは信仰が腕力に勝ち、またあるときは腕力が信仰に勝つ。ピラト[1]がキリストを十字架にかけたのは、腕力が信仰に勝ったときであり、ミラノの司教アンブロシウス[2]がローマ皇帝テオドシウス[3]に懺悔《ざんげ》させたのは、信仰が腕力に勝ったときである。信仰が腕力に勝つとき、世界には光明がある。腕力が信仰を圧するとき、世界は暗黒である。そして今は、またしても腕力が信仰を制圧している暗黒の時代となった。

政府には宇宙や世界の調和について考えることのできる哲学者が一人もいないのに、陸には十三師団の兵があって、武器はいたるところでまばゆく輝いている。民間には人民の鬱々《うつうつ》とした気持ちを癒《いや》すことのできる詩人が一人もいないのに、海には二十六万トンの戦艦があって、平和な海上に大きな波しぶきを立てている。家庭内の人間関係は荒れ果てて最悪の状態に陥っている。父と子は互いに対して不満を持ち、兄弟は争い、姑《しゅうとめ》と嫁は互いをバカにする。こんな状態にもかかわらず、外国に対しては、日本は東海に浮かぶ桜の国、世界にも稀《まれ》な礼儀正しく善良な国であるといって誇っている。帝国主義とは、本当はこのようなものである。

わが友、幸徳秋水君の『帝国主義』がここに完成した。幸徳君が若くしてすでに今日の知識層のなかで新しい大きな仕事をしていることは、人のよく知るところである。幸徳君はキリスト教徒ではない。だから万物に超越する造物主という至高の存在を信じているわけではない。しかし国家という枠を超越する価値を信じているから、世の「愛国心」を憎むこと、激しい。幸徳君はかつて自由を基本的原理として尊重する国に遊学したことはない。しかし自由が人間にとってどんなに重要であるかをよく理解している真面目《まじめ》な本物の社会主義者である。私は幸徳君のようなすぐれた人物を友としてもつことを名誉とし、ここに独創的な著述を世に紹介する栄誉をありがたく思う。

明治三十四年四月十一日

東京市外角筈《つのはず》村［現・新宿区］にて
内村鑑三《うちむらかんぞう》4

1　古代ローマの第五代のユダヤ総督（在職二六〜三六）。生没年未詳。イエスを十字架にかけた。
2　アウグスティヌスに先立つキリスト教の歴史における重要な人物（三三九頃〜三九七）。教会の地位向上に力をつくした。政治的にも強い影響力をもつ。注3参照。
3　古代ローマ皇帝（三四七〜三九五）。三九〇年、アンブロシウスはテオドシウスの残虐行為を弾《だん》劾《がい》し、懺悔《ざんげ》させた。
4　日本のキリスト教界を代表する一人（一八六一〜一九三〇）。無教会主義の創始者。一八九一年、教育勅語への礼拝を軽く会釈する程度にとどめたことから社会問題化し、第一高等中学校（旧制一高）嘱託教員を依願退職せざるをえなくなった（内村鑑三不敬事件）。一八九七年、『万朝《よろずちょう》報《ほう》』の記者となる。翌年、幸徳も同社の記者に。

三つの前置き

一、東洋はいま、大きく変わろうとする気運に満ち、世間の人々は名誉を得るために熱狂している。世の「志士」「愛国者」はみな、髪をさかだて、目をカッと見ひらいている。こういう時に、ひとり冷然として真理と正義を講じ、道徳を説くのは、いかにも現実離れしていると嘲笑《ちょうしょう》されるだろう。わたしもそれは知っている。にもかかわらず、あえてこれを行うのは、実に長い間、この真理、正義、道徳にかんして心を痛めてきたからであり、やむにやまれぬ気持ちだからである。ああ、わたしの気持ちを知るのはこの本だけであろうか。そしてわたしを罰するのもまた、この本だけであろうか。

一、本書全編に述べられている内容は、欧米の学者がすでに早くから行っている警告であり、批判である。今日ではトルストイ、ゾラ、ジョン・モーリー[1]、ベーベル[2]、ブライアン[3]がこういう説をもっとも熱心に説いている。そのほか、道義の意味を正しく認識し、きわめて高潔な理想をもつ思想家・作家ならば、だれでも本書で主張していることを切実に考えないものはない。そこでわたしは本書を書いたことをあえて大げさに「著」とはいわず、先人の説を祖述《そじゅつ》するという意味で「述」という。

一、このささやかな小冊子は、もちろん自分の貧しい考えのすべてを書き尽くしたわけではないが、議論の要点は提出できたと信じている。物事の道理やあるべき姿を考

1 イギリスの政治家（一八三八〜一九二三）。第一次世界大戦のときには参戦に反対した。

2 ドイツの社会主義者（一八四〇〜一九一三）。一八六九年、社会民主労働者党創立の過程で主導的役割を演じ、普仏戦争で反戦の姿勢をとる。議会ではビスマルクの政策と対決。

3 アメリカの政治家（一八六〇〜一九二五）。一九〇〇年、民主党大統領候補となってアメリカのフィリピン併合に反対する反帝国主義を唱える。

4 一八九二年十一月、黒岩涙香《くろいわるいこう》（本名は周六、一八六二〜一九二〇）によって創刊された新聞。編集綱領は「一に簡単、二に明瞭、三に痛快」。舌鋒《ぜっぽう》の鋭さと安価がうけ、東京で一、二を争う有力紙に。一八九〇年代後半から、幸徳秋水、堺利彦《さかいとしひこ》、内村鑑三らが記者として論陣を張り、帝国主義・軍国主義に反対する。同社が日露戦争是認に転じた一九〇三年、この三人は退社。一九四〇年、「東京毎夕新聞」と合併して消滅。

えようとしない世間の人々が、本書によって多少でもそれを知る機会を得て、真理と正義のために、本書がいくらかでも貢献することができるならば、わたしの願いは達成されたといえる。

明治三十四年四月、桜の花の爛漫《らんまん》の季節、『万朝報《よろずちょうほう》』[4]社編纂局《へんさんきょく》にて

秋水しるす

第一章　まえがき

帝国主義は野原を焼く火である

いま、「帝国主義」の流行はなんとも勢いのいいことだ。まるで野原に火を放ったような手のつけられない勢いである。世界万国、どこでもこの主義の前にひれ伏し、賛美し、崇拝《すうはい》して、あがめたてまつらない国はない。

見るがいい。イギリスは政府も民間も、ひとり残らず帝国主義の信者である。ドイツの戦争好きな皇帝は、さかんにこの主義を鼓吹《こすい》している。ロシアにいたっては、そもそも帝国主義が伝統の政策といわれている。フランスやオーストリアやイタリアも、この主義をとても喜んでいる。あのアメリカでさえも、[1]近ごろはこれを大いに学ぼうとしているかのようだ。ひるがえってわが日本は、日清戦争での勝利以来、お上《かみ》も下々《しもじも》も帝国主義に熱狂し、まるで暴れ馬がくびきから逃げ出してしまったかのように、手の付けられない状態だ。

どんな徳があり、どんな力があるのか

むかし平時忠《たいらのときただ》2は自慢して言い放った。「平氏でない者は人にして人ではない」と。今ならば、さしずめ「帝国主義以外はまったくとるに足りない」と表明しなければ、ほとんど政治家にして政治家ではなく、国家にして国家ではないかのようだ。しかし、そもそもどんな徳があり、どんな力があり、どんな尊重すべきものがあって、こんなにも帝国主義が流行《はや》るのだろうか。

国家を経営する目的

考えてみれば、国家を経営する目的は、社会を永遠に進歩させることにあり、人類全般に幸福と利益をもたらすことにある。そうだ、国家経営の目的は、単にいま現在だけの繁栄ではなく、永遠の進歩にあり、単に少数の金持ちの権力や勢力を増すことにあるのではなく、全員の幸福と利益を増すことにあるのだ。それならば、現在の国

家と政治家が賛美し、崇拝している帝国主義なるものは、よくその目的を達することができるだろうか。われわれのために、何らかの進歩・幸福・利益のために、役立つだろうか。

科学的な知識と文明がもたらす福利

わたしは次のように信じている。「社会の進歩は、かならず科学的な知識に基づいていかなければならず、人類の福利は、かならず腕力でなく言論を重視する文明の道徳に基づかなければならない。理想とするのは、かならず自由と正義であるべきで、それが最終的に到達するのは、かならず博愛と平等でなければならない」と。古今東西、苦難にもめげずにこの理想をめざす者は大いに栄え、この理想に逆《さか》らう者は、春

1　建国の理想として自由と平等を尊ぶあのアメリカ合衆国さえも、という意味合い。歴史的にみれば、合衆国は建国期から十九世紀末まで、広く国際政治に介入することを控え、孤立主義的であった（「モンロー主義」）。ところが十九世紀末、米西戦争を契機として、世界列強の一つとなり、以後二度の世界大戦を通じて、超大国への道を歩むことになる。

2　平安末期の貴族（一一二八頃～八九）。平家の隆盛を極めた人物のひとり。

の夜の夢のように亡《ほろ》びる。かの帝国主義の政策が、科学的な知識と文明の道徳とに基づいており、理想の極致《きょくち》に向かって進んでいるものとしてみようか。そうだとすれば、帝国主義はたしかに社会と人類のための天国の福音《ふくいん》である。わたしは喜んでこの主義のために働くだろう。

しかし、もし不幸にして帝国主義の流行する原因が科学的知識でなく迷信であり、文明の道義でなく理想なき単なる熱狂であるとしたら、どうだろう。この主義の流行する原因が、自由、正義、博愛、平等という考えによるのではなく、圧制、不正、狭量《きょうりょう》、闘争によるのだとしたら、どうだろう。こういう卑しい心情や悪徳が、精神的にも物質的にも、世界各国を今日のように支配し続けてやむことがないとしたら……。こんな害毒がたれ流しになる事態は、人をゾッとさせないだろうか。

天使か悪魔か

ああ帝国主義よ、おまえの流行の勢いは、二十世紀の天地を、光り輝くきよらかな世界とするのか、絶え間のない地獄とするのか。お前は、進歩か、腐敗か。福利か、災禍か。天使か、悪魔か。

火事場に身を投ずるような急務

その真相、実質がどんなものであるかを研究することは、この二十世紀において、世の中をうまく治める事業を引き受けようとする責任ある人々にとって、火事の現場に身を投じて火を消すような切迫した急務ではないだろうか。わたしが自らの非才をも顧みず、本書であえてくどくどと述べるゆえんである。

第二章　愛国心を論ずる

その一

帝国主義者《インペリアリスト》の威勢のいい叫び

わが国民を大いに発展させよ。わが領土を拡張せよ。大帝国《グレーターエンパイア》を建設せよ。わが国の威信を高めよ。わが国旗に栄光を。これが「帝国主義者《インペリアリスト》」の威勢のいい、おきまりの叫びである。彼らは自分の国家を深く愛する。

イギリスは南アフリカを伐《う》ち、アメリカはフィリピンを討《う》ち、ドイツは膠州《こうしゅう》を取り、ロシアは満州を奪い、フランスはスーダンを征服し、イタリアはエチオピアと戦った。[1]これらが近ごろの帝国主義的な行為から生じた典型的な現象である。帝国主義の向かうところ、軍備または軍備を後ろ盾とする外交がついてまわることは、否定できない。

愛国心を経《たていと》とし、軍国主義《ミリタリズム》を緯《よこいと》とする

その通りだ。帝国主義の発展の跡をみるがいい。帝国主義は「愛国心」を経とし、「軍国主義《ミリタリズム》」を緯として、織りなされた政策ではないだろうか。少なくとも愛国心と軍国主義は、多くの国の現在の帝国主義に共通する条件ではないだろうか。だから、わたしはこう言いたいのだ。「帝国主義の是非と利害を判断しようとすれば、まず「愛国心」と「軍国主義」をよく吟味《ぎんみ》しなければならない」と。

1　イギリスがボーア人［オランダ系移民］の領有した南アフリカに侵出した南ア戦争（〈第二次〉ボーア戦争）の勃発は一八九九年。29頁注2、143頁注5、145頁注9参照。アメリカによるフィリピンの領有権獲得は一八九八年。ドイツによる膠州湾（中国、山東半島の南岸にある湾）租借《そしゃく》の条約成立は一八九八年。ロシアが清国から遼東半島の租借権を獲得したのは一八九八年。フランスによるスーダン南部のファショダ占領は一八九八年。（第一次）イタリア・エチオピア戦争は、一八九六年。

愛国心とは何か

ところで、今ここでいう「愛国心」、または「愛国主義」とは何か。「パトリオティズム」とは何か。われわれはなぜ、わが国家、またはわが国土を愛するのか、愛さなければいけないのか。

その二

愛国心とあわれみ、同情

たとえば幼児が井戸に落ちかけているのを見かけたら、誰でも走って行って助けようとするに違いない。孟子のいう通りである〔『孟子』公孫丑章句上《こうそんちゅうしょうく》〕。もし愛国心がほんとうにこの幼児を助けるような思いやりであり、あわれみの心であり、慈善の心と同じものならば、美しいものだ、愛国心は。純粋で、少しも利己的ではないのだから。

しかし考えてみるがいい。真に高潔なあわれみの心、慈善の心は、わが家かよその家庭か、友人か他人か、などという区別を決してしないだろう。いまにも井戸に落ちそうになっている幼児が、自分の子か他人の子か、などと分《わ》けへだてしないのと同じである。だから、世界各国どこでも愛情に満ちて正義を貴ぶ人々は、トランスヴァール[2]の勝利と復活を祈り、フィリピンのためにその成功と独立を祈った。[3] トランスヴァールの敵国であるイギリス人にもそのような者はあり、フィリピンの敵国であるアメリカ人にもそのような者はある。例の「愛国心」は、はたしてこんな振る舞いができるだろうか。

今の愛国者や国家主義者は、トランスヴァールのために祈るイギリス人や、フィリ

2　南アフリカの北東部地域。ボーア人（ブール人とも）によってトランスヴァール共和国が建国される。金鉱の発見によりイギリス人が侵入、ボーア戦争（第二次。一八九九～一九〇二）の結果、イギリスの植民地となる。なお、この戦争に特派員として派遣されたJ・A・ホブソンはその見聞に基づいて『帝国主義論』（一九〇二）を書いた。

3　フィリピン・アメリカ戦争（一八九九～一九〇二）のこと。一八九六年以降、スペインからの独立革命が進行していたフィリピンに対して、アメリカは当初、フィリピン独立運動の支援を唱えた。しかし一八九八年、アメリカはスペインとの間で結ばれたパリ条約によって、スペインに代わってフィリピンの領有権を獲得。そこで、フィリピンの独立を求める革命政府とアメリカとの間で開始された戦争である。

ピンのために祈るアメリカ人を、まず間違いなく愛国心がないといって罵《ののし》るにちがいない。なるほど彼らは、あるいは愛国心がないかもしれない。しかし彼らには、気高い同情心や、あわれみの心や、慈善の心が確かにある。ということは、愛国心は、目の前で井戸に落ちようとする幼児を助ける人の心の働きと、どうやら同じものではないようだ。

そうなのだ。わたしは「愛国心」が、純粋な思いやりの心や、あわれみの心でないのを悲しむ。なぜなら、愛国心が愛するのは、自国の土地に限られ、自国の民に限られているからだ。他国を愛さず、ただ自国だけを愛する者は、他人を愛さず、ただ自分一人だけを愛する者だ。うわべだけで中味のない名誉を愛し、自分や自国の利益を独占することを愛するのだ。こんな心、こんな行為を、すべての人々のためのものといえるだろうか。私心がないといえるのか。

望郷の念

愛国心はまた、故郷を愛する心に似ている。故郷を愛する心は貴ぶべきである。しかしまた、非常に軽蔑すべきものでもある。

竹馬に乗って遊んでいた幼児だったとき、人はほんとうに故郷のあの山、この川を愛する思いを抱いていただろうか。彼らが故郷を懐かしく思うようになるのは、長じてのち他郷にあり他国にあるようなことではないだろうか。西に東に放浪し、血気にはやる試みに失敗して、後年になってからのことではないだろうか。人は少年の頃、青春の頃の愉快な日々を思い出し、故郷をしみじみと懐かしむ。他郷を放浪して、その土地の風俗習慣に合わず、食物の風味が舌に合わず、将来を語りあう友人もなく、憂いを慰《なぐさ》める父母妻子もないからこそ、人は故郷を切実に思うのだろう。

他郷に対する憎悪

彼らが故郷を思い出すのは、故郷が愛すべきもの、尊ぶべきものだからではなくて、むしろ、ただ他郷を忌《い》まわしく思い、嫌うからである。故郷に対する純粋な思いやりの心、あわれみの心ではなく、他郷に対する憎悪からである。失意にあり逆境にある人の多くはみな、それと同じ心理をもつ。他郷を憎悪することがなければ、彼らは特に故郷を愛する理由もないのだ。

しかし、彼らはこう反論するかもしれない。「故郷に思いをはせることは失意や逆境にある人だけでなく、成功し得意になっている人にもあるのではないか」と。たしかにその通りだが、得意になっている人が故郷をなつかしく思う心には、いっそう軽蔑すべきものがある。彼らは郷里の年取った有力者や知人に向かって自分の成功を見せびらかしたいだけなのだ。郷里に対する思いやりやあわれみでなく、自分のなかにある虚栄心や自慢したい気持ちや競争心が、望郷の念となるのである。昔の人は言ったものである。『出世しても故郷に帰らなければ、誰もその栄誉を知る者がない』と［『史記』項羽本紀《こううほんぎ》］。この言葉は、彼らの軽蔑すべき本心を白日の下《もと》にさらすようではないか。

こう言う人もある。「大学をわが地方に設置しよう」「鉄道をわが地方に敷こう」。こんなのはまだいいほうだ。厚かましいのになると、「中央の行政機関の重要なポストにつく政治家をわが県から出そう」「大臣をわが地方から出そう」などと平気で言ってのける。自分の利益や虚栄を抜きにして、ほんとうに郷里に対する同情やいつくしみの心から、彼らはそんなことを言うのだろうか。有識者や立派な人物は、こういう厚かましい連中に対して侮蔑《ぶべつ》の念を抱かずにいられるものだろうか。

天下のあわれむべき人たち

そうなのだ。愛国心が望郷の念と同じ理由から生まれるのだとすれば、「虞芮《ぐぜい》の争い」[4]〔『史記』周本紀〕は、世にいう「愛国者」なるものの真相を暴露する格好《かっこう》の標本ではないか。虞《ぐ》と芮《ぜい》の人々がそうだったように、愛国者と称する者は、国のために争うのではなくて、実はただ自分の利益ばかりを追い求め、謙譲《けんじょう》の美徳などどこ吹く風なのだ。あるいはまた、カタツムリの角《つの》の上で領地争いをするような、大局を忘れて微々たる利害に汲々《きゅうきゅう》とする「触蛮《しょくばん》の戦い」〔『荘子』則陽篇《そくようへん》〕は、愛国者への風刺にピッタリだ。愛国者とはこんなものだ。この、天下のあわれむべき人たち！

4　「虞芮《ぐぜい》の争い」とは、中国の虞《ぐ》・芮《ぜい》両国の人が田んぼの土地（境界）をめぐって起こした争い。両国人が、どちらが正しいかを周の文王に判断してもらうため、周の国を訪れたところ、周の人々は、耕す者は畔《あぜ》を譲り、行く者は道を譲り合っていた。それを見た虞《ぐ》と芮《ぜい》の人たちは、譲り合い（謙譲《けんじょう》）の精神に打たれて、恥じいり、争いをやめたという故事。

むなしい自慢、虚栄

ここまで書いてきて思うのだが、岩谷某《いわやぼう》[5]が「わたしこそ、国益に貢献する立役者《たてやくしゃ》だ」と大っぴらに言うのを笑ってはいけない。かれが東宮《とうぐう》御成婚の記念美術館[6]に千円の寄付を約束しながら、その約束を破ったことを笑ってはいけない。天下の「愛国者」、「愛国心」と岩谷某とは、五十歩百歩の違いでしかないのだ。愛国心はただ、自分の利益のための、自慢のための、虚栄のための、宣伝文句にすぎない。

その三

ローマの愛国心

『仲間や団体が存在したのではなく、ただ国家だけが存在したのである』

"Then none was for a party,
Then all were for the State."

とは、古代ローマの詩人［ホラティウス］が国家を自慢し賛美して言った言葉である。しかし、この詩人は何も知らないのだ。これは以下にみるように、古代ローマの貧民が、自らの日常生活にとっての本当の敵――同胞であるローマの金持ち――に対して、貧民どうしで仲間となり、団結して戦うだけの知恵がなかったからにすぎない。自らの国家が存在するからではなくて、たんに敵国や敵があったから、それと戦ったにすぎない。「敵国や敵を憎め」という迷信があったから、そんなふうに行動したにすぎないのである。

ローマの貧民

わたしは次のように理解している。すなわち、「当時、ローマの貧しい多くの農民は、少数の金持ちとともに、または金持ちに従って「国家」のためにいくさに赴《おもむ》いた

5　岩谷松平《まつへい》（一八四九〜一九二〇）のこと。薩摩国（現・鹿児島県）出身の実業家。一八八四年頃から国産タバコを使用した「天狗煙草《てんぐたばこ》」を製造販売して、日本に初めて紙巻タバコを普及させた。意表をつく特異な標語（「国益の親玉」）や、奇抜な宣伝で売り上げを伸ばし、日清戦争時には、宮内省から兵士への「恩賜《おんし》のタバコ」の製造を委託される。幸徳はここで「愛国者」「愛国心」「国益」を唱えながら、その実際はどうなのかと、岩谷を例にして疑問を提出する。

6　皇太子（後の大正天皇）の結婚を記念して建築された美術館（表慶館《ひょうけいかん》。一九〇八年竣工）。

のだ」と。また、「彼らが敵と戦うとき、飛び交う矢と石のなかを、わが身を顧みずに発揮された忠義の精神は、本当に感心せざるを得ないものだ」と。さらにまた、「幸いにも彼らがいくさに勝って戦場から無事に帰る時は、とりもなおさず彼らが従軍中に負ってしまった債務のために、そのまますぐに奴隷の身分に突き落とされる時でもあった」と。

見るがいい。いくさの間、金持ちの田畑は、つねに奴隷によって耕され灌漑《かんがい》され、よく手入れされているのに、ローマの貧民の田畑は、まったく荒れ果てたままに放置されて、どんな手入れをすることもできなかったではないか。それゆえ債務が生じ、買われて奴隷となるわけだ。それはいったい誰の罪なのか。

ローマの貧民は「敵国」や「敵」を憎悪している。しかし、かりに敵がローマの貧民に災難をもたらすとしても、同胞であるローマの金持ちが貧民にもたらす災難よりも大きいことはあり得ないだろう。ローマの貧民は、敵のために自由を奪われ、財産を奪われ、奴隷とされることもあるだろう。だが彼らはその前に、すでにローマの同胞によって、奴隷にされつつあったではないか。ローマの貧民は、この事実に考え及ばなかったのである。

なんという愚かしさ

金持ちは、戦えばますます富が増え、ますます奴隷や家来《けらい》が増える。一方、貧民はなにも得るところなく、ただ、「国家のために戦った」と言うだけである。彼らは国家のために戦って、奴隷の境涯に身を沈めた。にもかかわらず、敵を討伐《とうばつ》したという過去のむなしい栄光にすがって、甘い自己満足にひたっている。ああ、なんという愚かしさ。古代ローマの愛国心は、まったくこのようなものだった。

ギリシアの奴隷

古代ギリシアにおける「ヘロット」[7]という奴隷を見るがいい。彼らはいくさがあれば兵となり、なければ奴隷となる。また、彼らは身体が丈夫すぎて、人口が増えすぎた場合には、いつも主人によってむごたらしく殺された。しかも、彼らが主人のため

7　古代ギリシアでスパルタ人に征服された先住民。スパルタ市民によって奴隷的身分におかれたが、しばしば反乱を起こした。Helot。

に戦うときの忠実さ、勇敢さは、じつに比べるものがないほどであった。彼らは、かつて一度も、武器を主人に向けることによって自由を得たいと思ったことはなかった。

迷信的な愛国心

なぜ彼らは自由を得ようとは思わなかったのか。それはただ外国、外国人、すなわち彼らのいう「敵国」や「敵」を憎悪し討伐《とうばつ》することが、無上の名誉であり無上の光栄である、と彼らがかたく信じていたからである。それが価値のない誇りだということを知らなかったし、虚栄であることを悟らなかったからである。ああこの迷信。彼らの「愛国心」、すなわち価値のない誇りと虚栄の正体は、ガチガチにこり固まった迷信であり、それは聖なる水（神水）と称するなにか得体《えたい》の知れないくさったような水を飲む新興宗教よりもひどいものであり、その害毒もまた神水よりもひどい。

愛と憎しみ、この二つの感情

彼らがあれほどにも敵を憎悪するのを、不思議だと思う必要はない。たしかに欠陥のある人間、野獣に似た生活をしている人間は、ひろく平等に人を愛することができないからである。原始時代から愛と憎しみ、この二つの感情はあざなえる縄のように、鎖の輪のように、離れがたく結びついている。かの野獣を見よ。彼らは、ねたみ合って同類で共食《ともぐ》いする。しかし、同類でない知らないもの同士が出会ったときには、たちまち恐れおののいてビクビクする。恐れやおののきは、すぐに相手へのねたみや厭《いと》わしさに変わり、憎悪となる。ねたみ、厭わしさ、憎悪を抱けば、すぐに吠え始め、攻撃するようになる。前に共食いしていた同類が、こんどはむしろお互いに結託して、共通の敵と抗争することもある。彼らが自分たちの共通の敵にいどみかかる様子、同類相互の親睦《しんぼく》の様子を思ってみるべきである。実際、野獣には愛国心があるのか、ないのか。古代の人類の野蛮な生活は、これと遠く異なっていたのだろうか。

古代の野蛮人はたしかに同類で結託して、自然と戦い、異種族と戦った。だから彼らには「愛国心」があったと言える。しかしそれはこういうことである。彼らの団結や親睦や同情は、たんに敵が同じだから生ずるにすぎず、またその敵に対する憎悪の結果にすぎない。要するに、同病相憐《あいあわ》れむ心から生じたものにすぎないということだ。

好戦の心は動物の本能《アニマル・インスティンクト》

そうだとすれば、「愛国心」とは、つまり外国、外国人の討伐をもって栄誉とする、戦争を好む心である。戦争を好む心とは、動物の本能《アニマル・インスティンクト》である。動物の本能とは、好戦的な愛国心である。これはたしかに釈迦《しゃか》、キリストが否定するものであり、文明の理想とする目的に反するものではないのか。

しかも哀しいではないか。世界の人民は、いまだに動物の本能が支配する競技場内にいて十九世紀を過ごし、さらにまた同じ境涯のなかで、二十世紀の新天地を生きようとしているのだから。

適者生存の法則

社会が適者生存の法則にしたがって、次第に進化し発展して、その言語、文化を同じくする地域および交通の範囲が拡大すれば、共通の敵としていた異種族、異地域の者も次第に減るので、彼らの憎悪の対象である、自分たちとは異なる敵国や敵もまた失われる。憎悪の対象がなくなれば、彼らが互いに親しみ、結びついていた理由もまた失われる。そうなると、彼らが一国、一社会、一地域を愛する心は、ただ個人、家族、仲間を愛する心に変わる。かつて種族や地域の間でみられた野蛮で好戦的な本能は、こんどは個人の争いとなり、仲間うちでの争いとなり、階級間の闘争となった。ああ、純潔な理想と高尚な道徳が大いに栄えない限り、また動物の本能をのぞき去ることができない限り、世界の人民は、どうしても敵を持たないわけにはいかない。憎悪し、戦争しないわけにはいかないのだ。こんなことが愛国心と名づけられ、名誉の行為と称されているのである。

自由競争

ああ欧米十九世紀の文明よ。一方では、激烈な自由競争が人の心をますます冷酷無情にし、他方では、高尚かつ正義に満ちた理想と信仰があっという間に地上から消え失せていく。わたしたちの文明の前途は、まったくゾッとするばかりではないか。それでいて、その場しのぎの政治家や、手柄を立てて有名になりたがっている危険をものともしない目立ちたがり屋や、思いがけない利益を追い求める資本家は、こういう状況を見て絶叫《ぜっきょう》する。「国境の外を見よ、敵が迫っている。国民は個人間の争いをやめて、国家のために団結しなくてはいけない」。彼らは個人間の憎悪を外敵に向けさせて、まったく自分たち各々《おのおの》の利益の「ためにする」のである。言うとおりにしないものがあれば、すぐに非難していう。「非愛国者だ、国賊《こくぞく》だ」と。

動物的な本能を刺激すること

知らないのか。「帝国主義」の流行は、まさしくこんなやり方によって始まったのだということを。それは「国民の愛国心」、いいかえれば動物的な本能を刺激することによって生じたのだということを。

その四

西洋人や辺境の異民族への憎悪

自分を愛し、他人を憎め。同郷人を愛し、他郷人を憎め。神の守護する国（日本）や世界の中央に位置する文化国家（中国）を愛し、西洋人や辺境の異民族を憎め。愛すべき者のために憎むべき者を討つ。これを名づけて愛国心という。

そうだとすれば、愛国主義はあわれむべき迷信ではないのか。迷信でなければ、いくさを好む心である。いくさを好む心でなければ、うぬぼれの強い、思い上がった自国の宣伝である。

野心を成就する道具

このようにして愛国主義は、専制的な政治家によって、いつも自分の名誉と野心を成就《じょうじゅ》するための手段、道具として利用される。

いや、そんなことは単に古代ギリシア・ローマにおいて、知的に十分に発達していない人々が多かった社会だからこそ可能だったので、夢のように非現実的なことであり、現代人の間には成立し得ないバカバカしい考えだ、などと思ってはいけない。愛国主義が近年流行し利用されることは、じつは古代や中世よりもいっそう顕著になっているのだ。

明治の聖なる天子が治める世における愛国心

こんなことがあったのを思い出す。故森田思軒《もりたしけん》氏[8]が文章を書いて、日清戦争の時に黄海《こうかい》で見つかった鷹《たか》を幸運な鷹、「霊鷹《れいよう》」と呼んでありがたがっていた連中に対して、それは「霊」ではないと批判した。すると、世間はこぞって彼を非難し、国賊《こくぞく》扱いした。久米邦武《くめくにたけ》氏[9]が、「神道は祭天《さいてん》の古俗《こぞく》」「神道《しんとう》は宗教でなく天を祭る東洋の昔の風習である」と論ずると、教授職をクビになった。西園寺公望《さいおんじきんもち》侯[10]が、従来の忠臣教育でなく世界の動向に目を向けることのできる教育、「世界主義的教育」を行おうとすると、文部大臣の地位があぶなくなった。内村鑑三《うちむらかんぞう》氏が教育勅語への礼拝をこばむと、教授の職を解かれた。[11]尾崎行雄《おざきゆきお》氏[12]が「共和」の二字を口にすると、大臣の職を解かれた。彼らはみな、大変な不敬であるとして罵《ののし》られ、非愛国者だとして罰せられた。これが、わが明治の聖なる天子が治める世における、日本国民の愛国心の現れなのである。

国民の愛国心は、ひとたび自らの好むところに反する人を見つけると、その人の発言を封じ、行動をしばり、思想さえ束縛し、信仰にまで干渉してくる。歴史を論評することを禁じてもいいし、聖書研究を妨害してもいいし、すべての科学をぶち壊してもいい、ということになってしまう。暴力を避け、理性を重んじ、異質なものに対して寛容であるべき文明の道義は、そんな行為を恥辱《ちじょく》とする。ところが愛国心は、それを立派で名誉ある行為とするのである。

8　新聞記者、翻訳家、批評家（一八六一～九七）。備中（現・岡山県）出身。『郵便報知新聞』記者となり、ジュール・ヴェルヌやヴィクトル・ユゴーなどの翻訳に従事。ユゴーの人道主義を基盤にした批評の筆をふるう。のち『万朝報』に入社。

9　明治・大正期の歴史学者（一八三九～一九三一）。佐賀藩出身。岩倉使節団に参加。『特命全権大使米欧回覧実記』を編集・刊行。「神道は祭天の古俗」は神道家たちの憤激するところとなって、一八九二年、帝国大学教授職を依願免官する事態になった（久米邦武筆禍事件）。

10　明治・大正・昭和三代にわたり首相、元老として天皇制政権の中枢にあり、立憲主義の確立、維持に努めた公卿《くぎょう》出身の政治家（一八四九～一九四〇）。第二次伊藤博文内閣の文相として開明的な教育方針を唱え、上下のみならず対等の関係を尊重する新道徳をおこすべきだとした。一八九五年頃、教育勅語の改訂を天皇に内奏した（具体的には実現せずに中止）。

11　17頁注4参照。

12　日本近代の代表的な自由主義政治家（一八五八～一九五四）。「憲政の神様」と称される。一八九八年六月、大隈重信内閣の文相となったが、拝金主義の風潮を批判し、かりに日本が共和政治になれば、三井、三菱が大統領候補になるだろうと述べ、それを不敬として攻撃されて、十月文相を辞任。

イギリスの愛国心

これは日本の愛国心だけがなせる業《わざ》か。いや、そうではない。たとえばイギリスは近代において、きわめて自由で、博愛の精神に富み、平和な国だと称している。そのイギリスでさえも、かつて愛国心が激しく燃えさかっていたときには、自由を唱える者、改革を請願する者、普通選挙を主張する者はだれでも、反逆者として罪を問われ、国賊《こくぞく》として非難されたのではなかったか。

英仏戦争

イギリス人の愛国心が激しく燃えあがった最近の事例では、フランスとの戦争以上にいい例はない。この戦争は、一七九三年、フランス大革命の際に始められて、以後多少の断続はあったが、一八一五年、ナポレオンの没落に至って一段落した。これら一連の戦争は、時間的に現在に近いだけでなく、思想的にも今日の思想と遠く離れてはいない。つまり当時の彼らイギリス人の「愛国心」も二十世紀初頭の今日の愛国主義と、その流行する事情と方法にかんしては、そんなに違わないのである。

フランスとの戦争。イギリス人の愛国心にとって大事なのは、ただこの一事《いちじ》だけであり、この一語だけである。戦争の原因など問題にしてはいけないし、その結果を議論してもいけない。利害を云々《うんぬん》してはいけないし、是非を云々してもいけない。云々すれば、必ず非愛国者だと非難されるにちがいないからである。改革の精神や、事の是非をはっきりさせようと争う構えや、批評というものは、一時《いっとき》すべて休止して、いや、休止させられて、国内の党派間の争いはほとんど消滅してしまった。

「挙国一致」

かのコールリッジ[13]のような人でさえ、戦争のはじめは戦争を批判していたにもかかわらず、おしまいには戦争が国民を一致団結させたと言って、神に感謝するまでになった。たしかにかのフォックス[14]の一派は、平和と自由の大義を支持しつづけた。しかし、彼らは議会の大勢をひっくり返すことができないと知って、議場に姿を現わさなかったというようなこともある。それで結局のところ、戦争に反対する人々がいたにもかかわらず、議場ではそのような異なった考えをもつ党派間での討論は一つも行われなかったのである。ああ、当時のイギリスはまことに挙国一致、わが日本の政治

13　イギリスの詩人・批評家（一七七二～一八三四）。ワーズワースとともに「抒情歌謡集」を刊行、ロマン主義運動の中心となった。代表的な詩は「老水夫行」「クリスタベル」など。

14　イギリスの政治家（一七四九～一八〇六）。フランス革命を歓迎し、対仏戦争に反対した。

家や、なにか事をたくらんで抜け目のない人々が喜んで口にする『挙国一致』であり、古代ローマ詩人のいうように『ただ国家だけが存在したにすぎない』のであった。威勢がいいねえ。

しかし考えてみるがいい。この時、イギリス国民一人残らず、その胸中にはどんな理想があったのか。どんな道義が、どんな同情が、どんな『国家』があったというのか。

イギリス国民すべて、狂信的となったイギリス国民すべての胸中には、ただフランスに対する憎悪しかなかった。ただ革命に対する憎悪しかなく、ただナポレオンに対する憎悪しかなかったのだ。もし、イギリス国民が、自分たちの同胞の中にわずかばかりの革命的精神、あるいはフランス人の理想にかかわる思想を発見でもしようものなら、ただそれだけでこれを忌《い》み嫌い、さらにはわれ先にとばかりに、こうした精神や思想を侮辱したのではなかったか。いや、ただ侮辱するだけではない、みんなで寄ってたかってこれを攻撃し、処罰するのに全力を注いだのではなかったか。

以上からわかるのは、外国への対抗から生まれる愛国主義が頂点に達するとき、国内政治における害悪もまた、頂点に達するということだ。だからイギリス国民に見られたような「愛国狂」の人々は、戦争中に大いに発揮された愛国心が、戦後のイギリスではどんな状態になったのかをしっかりと見とどける必要がある。

ナポレオン戦争後のイギリス

戦後のイギリスは、フランスに対する熱狂的な憎悪からいくらか冷めると、国家予算から軍事費（軍事産業）への支出を中止した。また、ナポレオン戦争中、ヨーロッパ大陸諸国の産業界は混乱していたために、イギリス製品の需要が高まったが、これも戦後には止んだ。そのためイギリスの工業および農業は、たちまち大不景気に見舞われた。その次にきたのは、大多数の下層の人々の窮乏《きゅうぼう》であり飢餓《きが》であった。このとき、なおも富豪や資本家に、ほんのわずかでも愛国心があっただろうか。少しばかりの慈悲や同情心、挙国一致の団結心や親睦の情はあっただろうか。富豪や資本家は、同じ国の人間が窮乏し飢餓に苦しんで、どん底に転落するのを、まるで憎い相手を見るかのように見ていたのではなかったか。彼らが下層社会の貧民を憎悪する激しさといったら、フランス革命やナポレオンを憎む激しさとは桁《けた》違いに強いものではなかったか。

ピータールー

あのピータールー事件[15]にいたっては、まったく残念なことである。イギリス軍はワーテルロー[16]の戦いでナポレオン軍を破ってまだ日も浅いのに、議院改革を要求してセント・ピーター教会前広場に集まった多数のイギリスの労働者たちを蹴散《けち》らし、斬り刻み、虐殺したのではなかったか。当時の人々はワーテルロー［Waterloo. 英語発音でウォータールー］におけるイギリス軍の勝利をもじって、この事件をピータールーの虐殺と呼んだ。ワーテルローで敵軍を打ち破った愛国者は、こんどは一転、ピータールーでは自分たちの同胞を虐殺したのである。愛国心などというが、それはほんとうに同胞を愛する心なのか。「一致した愛国心」「団結した愛国心」は、ひとたび敵地でのいくさが終わってみれば、国家や国民に対してどんな利益をもたらしたというのか。見るがいい。敵の首を砕《くだ》いた鋭い矛先《ほこさき》は、そのまま同胞の血を流すことに向けられようとしている。

嘘っぱちだな

前に述べた通り、コールリッジは戦争のために国民が一致団結する様子を見て、神に感謝した。しかし、このような事件が起こるところをみると、本物の一致なるものは一体どこにあるのだろう、と思う。憎悪は憎悪を生むだけだ。敵国への憎しみは、そのまま同国人を憎む動物的本能でしかない。ワーテルローの心は、そのままピータールーの心なのだ。嘘っぱちだな、愛国心による団結なんて。

15　一八一九年、イギリスのマンチェスターにあるセント・ピーター教会前広場で起こった民衆虐殺事件。死者十一名、負傷者四百名以上。

16　一八一五年、ウェリントンの率いるイギリス軍とブリュッハーの率いるプロイセン軍とがナポレオン軍を撃破したベルギー中部の古戦場。

その五

目をドイツに転じてみよう

イギリスからドイツに目を転じてみよう。故ビスマルク[17]公は、まったく愛国心の権《ごん》化《げ》であり、ドイツ帝国はいかにも愛国神が姿を現した霊場《れいじょう》であった。どれほど「愛国教」の霊験《れいげん》があらたかなるかを知りたければ、この霊場に参拝しなければならない。

わが日本の貴族、軍人、学者をはじめとして、およそ世界各国の愛国主義者、帝国主義者が心から感激し、ありがたがり、崇拝してやまないドイツの愛国心は、古代ギリシアやローマ、また近代イギリスの愛国心に比べて、迷信でもなく、空虚な誇りでもなく、虚栄でもないといえるのだろうか。

ビスマルク公

故ビスマルク公は、人を押さえつけて自分の意思に従わせる専制君主のような人物であった。彼が登場する以前の北部ゲルマン諸国は、まったくバラバラの乱立状態にあった。「同一言語を話す国民は、必ず一つに団結しなければならない」と考える帝国主義者から見れば、なんともあわれむべき状態にあった。この乱立状態にある諸国を一つにまとめ上げたビスマルク公の大業は、千年後にも光り輝くものだろう。だが、よく理解しておかなくてはいけない。「帝国主義者が諸国を統一する目的は、必ずしも実際に諸国の平和と利益を願うから生じたのではなく、ただ軍備を拡充する必要から生じたものにすぎない」ということを。

早くから、自由平等という理想と道義の意味をよく理解して、フランス革命を偉大な出来事として羨望《せんぼう》する人々が北部ゲルマン諸国にいたことは明らかである。彼らが、触蛮《しょくばん》の争い［微々たる利益争い］をやめて協力し合って平和に暮らすために、また外敵の侵略に備えるために、ゲルマンの団結と統一を希望していたことも明らかである。これは大変いいことである。しかし残念ながら、実際の歴史は決してこのような希望

17　ドイツの政治家（一八一五〜九八）。一八六二年からプロイセン首相。鉄血宰相《てっけつさいしょう》。ドイツ統一達成のためには「鉄と血」＝軍備が必要と説いた。普墺《ふおう》戦争・普仏《ふふつ》戦争に勝利して一八七一年、ドイツ統一を達成。ドイツ帝国宰相を兼ね、ヨーロッパ外交の主導権を握り、複雑な同盟関係の構築により帝国の安全保障に努力。内政では保護関税政策をとり産業を育成、社会主義運動を弾圧。一八九〇年ヴィルヘルム二世と衝突、辞職。

をかなえるものではなかった。

ゲルマン統一

もしゲルマン統一の理由が、ほんとうに北部ゲルマン諸国の利益のためだったというのならば、なぜ多数の人間がドイツ語を話すオーストリアを、ゲルマン諸国の一つに加えなかったのか。その理由はほかでもない、ビスマルク公一派の理想がけっしてドイツ人全般のブラザー・フード［brotherhood. われらみな兄弟、四海同胞意識。友好］にあったのではないからである。北部ゲルマン諸国に共通の平和、幸福、利益にあったのではないからである。その理由はただプロイセン国自身の権勢と栄光だけが目的だったからだ。

無用の戦争

血気にはやる、ひどく好戦的な心を満足させる方法として、団結と協働が効果的なのは、人間にふつうにみられる性質である。誰かが甲の友人であるのは、その人が乙の敵だからである。あれを愛するのは、これを憎むからである。外国のことに思いをめぐらすのは、自国の穏やかな平和を求めるからではなく、自らに従わせる権力を誇りたいからである。俊才ビスマルクは、このような人間の心理によく通じていた。彼は国民のこの動物的な本能をじつにうまく利用して、手腕を振るってきたのである。いいかえれば、彼は国民の愛国心を扇動しようとして敵国と戦ったのだ。自分の考えに反対するような理想や道義や評論を弾圧し、ビスマルクは自分の望む「愛国教」をうち立てようとして、無用の戦争を挑発したのである。

そういうわけで、このゲルマンの統一者、腕力のアポストル〔apostle. 提唱者〕、鉄血政策の開祖は、深謀遠慮《しんぼうえんりょ》の第一番目として、自分の意のままに最も弱い隣国と戦った。そのいくさに勝ったとき、国民のなかの迷信や虚栄を好み腕力を誇る連中は、われ先にとビスマルクの同調者になった。本当のところ、これが新ドイツ帝国成立の実情であり、新ドイツ愛国主義の始まりなのであった。

深謀遠慮の第二番目として、彼はまた別の隣国に挑《いど》みかかった。この隣国は前に戦った国よりも強かった。しかし彼は敵国の軍備が不十分なのにつけ込んだ。すると「愛国心」と「団結の精神」が、この新しい戦場からムクムクとわき起こってきた。その「愛国心」と「団結の精神」の新しい運動は、もっぱらビスマルク公自身の国であるプロイセンとその国王の権力の拡大、発展のために、巧妙に利用され指揮されたのだった。

プロイセンという一国家

ビスマルクはその言葉の本来の意味からいえば、決して北部ゲルマン諸国の統一を企てた者ではなかった。彼は、プロイセンという一国家をゲルマン諸国の団結のなかに解消させてしまうことを決して許さなかったからである。ビスマルクが許すのは、ただプロイセン王国を盟主とする統一だけであり、プロイセン王がドイツ皇帝となって、その栄光をになう統一だけである。北部ドイツの統一は国民が本当に国家の統一を求めて起こした運動である、などと誰が言うだろうか。ドイツ国民が抱く中身のない誇りと迷信の結果である愛国心は、まったくただ一人の野心と功名のために利用されたのではなかったか。

時代遅れの中世の理想

ビスマルクの理想は、じつに時代遅れの中世の未開人の理想にほかならない。にもかかわらず、彼の陳腐《ちんぷ》で野蛮な計画はまんまと成功した。理由は簡単で、その社会に生きていた多数の人々が、道徳的にも心理的にも、いまだに中世的なものから抜け出せずにいたからにすぎない。そうなのだ。多くの国民は、いまだに時代遅れの中世の道徳を支持しており、彼らの心性はいまだに未開人の心性なのである。ただ彼らは、自らを欺き、他人《ひと》を欺くために、最新の科学的知識によってその時代遅れの道徳や心性を飾り立てたり、覆《おお》い隠したりしているにすぎないのだ。

普仏《ふふつ》（プロイセン・フランス）戦争[18]

ビスマルクはすでに二度、無用ないくさを起こして首尾よく勝った。さらに三度目のいくさを起こそうとして、その準備につとめて機会をねらっていた。その機会は訪れた。彼は再びほかの強国が軍備不十分なのにつけ込んだのだ。ああ普仏の大戦争。

18　普仏戦争（一八七〇～七一）。スペイン継承問題戦争を直接の契機として、プロイセンを主とするドイツ諸邦とフランスとの間に起こった戦争。ドイツの大勝に終わり、フランスはフランクフルト条約で、アルザス、ロレーヌの大部分を割譲し、賠償金五十億フランを支払った。

このいくさは、そのやり方も、使用する武器も、これ以上にない危険なものであった。しかしビスマルクは大成功をおさめた。

普仏戦争の勝利によって、北部ゲルマン諸国はプロイセンの足下《あしもと》にひざまずき、ドイツ皇帝であるプロイセン国王に対して謹んで祝辞を述べるまでになった。すべてはただ、プロイセン国王の利益のために、である。ビスマルクの眼中にはこれしかない。プロイセン国以外の北部ゲルマン諸国の民には、一体どんな利益があるというのか。

だから、わたしは断言する。「ドイツの団結は、正義から生まれる好意や同情によって生まれたのではないのだ。ドイツ国民が屍《しかばね》の山を越え、血の流れを横切って、荒々しい鳥や野獣のように、その統一をなし遂げられたのは、ただ敵国に対する憎悪を煽《あお》られたからにすぎない。戦勝の虚栄に酔ったからにすぎない。事の道理や是非をわきまえた人間、広い知識をもち、人格のすぐれた人間が、こんなことに賛同するとでもいうのか」と。

ところが、ドイツ国民の多くは自らを誇り、こう考えている。「天の寵愛《ちょうあい》をうけているわがドイツ国民、われわれにまさる国民が世界のどこにあるだろうか」。世界各国の国民もまた、多くは賛嘆していう。「見事なものだ。一国を統治するものはこうでなくてはいけない」。日本の大勲位《だいくんい》侯爵《こうしゃく》[19]も、感激していう。「わたしも東洋のビスマルク公になろう」。このようにして、普仏戦争の時まではイギリスの立憲政治が世界に誇っていた手本とされるべき高い評価と栄光は、たちまちにしてプロイセン軍の剣に移ってしまった。

愛国的ブランデー

国民が国家の威信や栄光に酔うのは、個人がブランデーに酔うようなものである。酔いがまわれば、耳はほてり、目はくらみ、気分はやたらに高揚して、屍《しかばね》の山を越えても、その悲惨が目に入らない。血の河を渡っても、それがけがれていることを知らない。むしろ意気盛んで、得意がっている始末[20]なのだ。

19　伊藤博文《ひろぶみ》（一八四一～一九〇九）のこと。明治期の政治家。吉田松陰《しょういん》の弟子。憲法の制定、内閣制度の創設に尽力。一八八五年、初代内閣総理大臣となる。さまざまな要職を歴任。ハルビンで、朝鮮の独立運動家・安重根に暗殺された。

20　このあたりの記述は、師であった中江兆民の『三酔人経綸問答』（一八八七）を想起させる。次の力士のたとえも。

柔術家と力士

国民が武力にすぐれ、戦闘に長じているという名声を得るのは、柔術家が免許皆伝《かいでん》を得たようなものであり、力士が横綱になったようなものである。柔術家や力士は、ただその戦いの相手を倒したり、技をかけたりするだけである。もし戦いの相手がいなければ、どんな利益や名誉があるだろうか。それと同じように、ドイツ国民の誇りは、ただ敵国を打ち破るということでしかない。もし敵国がなければどんな利益や名誉があるだろうか。

たとえば、柔術家と力士がブランデーに酔って、その技能と力量を誇るのを見て、人は、彼らの才知、学識、徳行を、よりいっそう信じられるとでもいうのか。ある国家の国民が戦争に勝ち、中身のない栄誉に酔って、その名誉と功績を誇るのを見て、他国の国民は、その戦勝国の政治、経済、教育は文明にとっての幸福や利益をもたらすということを、よりいっそう信じられるとでもいうのか。わたしはドイツの哲学を尊ぶだろう。ドイツの文学を尊ぶだろう。しかし、わたしは決してドイツの「愛国心」を賛美することはできない。

ドイツの現皇帝

今やビスマルク公が補佐した皇帝[21]も、ビスマルク公自身も、皆すでに過去の人となった。しかし、鉄血主義[22]はいまだに現皇帝[23]の考え方を強く規制していて、愛国的ブランデーはいまだに現皇帝を酔わせつつある。現皇帝が戦争、圧政、虚名を好むことは、はるかにナポレオン一世を超え、さらにナポレオン三世をも超える。非常に大きくなったドイツの国民は今もなお、血をもってあがなった結合、統一という美名の下《もと》に、この若い圧政者のなすがままに甘んじている。そして「愛国心」は、なお非常に大きな影響力をもっている。しかし、どうしてこんなありさまが永遠の現象などであ

21　ヴィルヘルム一世（一七九七～一八八八）。一八六一年、プロイセン王となり、ビスマルクを首相に任命、軍備増強政策を推進し、下院と衝突。普墺《ふおう》戦争、普仏戦争に勝利をおさめ、一八七一年、新生ドイツ帝国の最初の皇帝となる。

22　ドイツ統一を達成するものは、政治家の演説や多数決ではなく、「鉄と血」すなわち兵器と兵士であると宣言した、ビスマルクの主張。53頁注17参照。

23　ヴィルヘルム二世（一八五九～一九四一）。皇帝に即位するや宰相ビスマルクを辞任させ、積極的な海外進出（いわゆる「世界政策」）に乗り出す。

ろうか。

近年の社会主義

見るがいい。愛国心の毒はすでに回るところすべてに回った。マクベスの暴虐《ぼうぎゃく》がきわまる時、森が動いて迫りくるように[24]、恐るべき強敵はすでに土ぼこりを巻き上げて勢いよくやって来たのではないか。この強敵は、迷信的でなく理性的であり、中世的でなく近代的であり、熱狂的でなく組織的である。その目的は、かの愛国教および愛国教によってなされた事業を、ことごとく破壊することにある。これを名づけて近年の社会主義という。

古代の野蛮かつ狂信的な愛国主義が、近代文明の高遠な道義と理想を抑圧するということが、今後もビスマルク公の時代のように可能かどうかは、二十世紀中葉にははっきりするだろう。しかし、ドイツの社会主義がぐんぐん勢いをまして、愛国主義に向かって激しく抵抗しているのを見ると、戦争に勝とうとする虚栄心と敵国に対する憎悪から生ずる愛国心は、実際のところ国民相互の愛情と友愛にとっては障害でしかないことがわかるではないか。

哲学的国民

ああ、きわめて哲学的《フィロゾフィック》なドイツ国民に対して、さまざまある政治的理想の中でもきわめて非哲学的《アンフィロゾフィック》な行為を演じさせようとしたのは、ビスマルク公の大罪である。もしビスマルク公がいなかったら、ドイツ本国だけでなく、ドイツを本家とするヨーロッパ諸国の文学、美術、哲学、道徳は、どんなに進歩し、どんなに高尚になっていたことだろう。まるで野犬やオオカミが共食いするように、腕力で勝ち負けの決着をつけるというような事態が、二十世紀の今日まで存在するなどということはなかっただろうに。

24　シェイクスピアの『マクベス』（第五幕第五場）で、バーナムの森がダンシネインの城に迫っていく場面。『マクベス』を日本の戦国時代に翻案した黒澤明監督の『蜘蛛巣城《くものすじょう》』（一九五七）に、その場面が面白く映像化されている。

その六

日本の天皇

日本の天皇はドイツの若い皇帝とは異なる。戦争を好まず、平和を重んじていらっしゃる。圧政を好まず、自由を重んじていらっしゃる。一国のための野蛮な虚栄を喜ばず、世界のための文明の幸福と利益を願っていらっしゃる。決して今時《いまどき》のいわゆる「愛国主義者」「帝国主義者」ではいらっしゃらないようである。ところが、わが日本国民にいたっては、「愛国者」でない者は明け方の空に見える星のようにきわめて少ない。

わたしは、古今東西の愛国主義や、ただ敵を憎悪し討伐する時にだけ発揮される愛国心を賛美することなど断じてできない。だから、日本国民の愛国心についても否定せざるを得ない。

故後藤伯

かつて故後藤伯[25]は、日本国民の愛国心を煽《あお》り立てようとして、今こそ国家の『危急存亡』の秋《とき》である、と叫んだことがあった。天下の愛国心に燃える人々は、まるで草が風になびくように一斉《いっせい》に集まって「大同団結《だいどうだんけつ》」した。ところが後藤伯は、突如として政府に取り込まれてしまい、大同団結はまるで春の夜の夢のように消え失せてしまった。当時の日本人の「愛国」心なるものは、本当のところ「愛［後藤］伯」心ではなかっただろうか。

いや、そもそも人々が大同団結した理由は、彼らが後藤伯を愛していたからではなく、藩閥《はんばつ》政府を憎んでいたからである。彼らの愛国心とは憎悪心なのだ。なるほど敵と味方が同じ船に乗って嵐に遭《あ》えば、兄弟のように協力することもあるだろう。しかし、藩閥政府を憎むことで一致し協力するような行動は、賞讃に値するものだろうか。

25　後藤象二郎《しょうじろう》（一八三八〜九七）のこと。幕末・明治期の政治家。土佐藩出身。民権運動にのり出すが、保安条例（一八八七）による弾圧を受けると、同志を裏切って一八八九年、黒田清隆《きよたか》内閣に逓信《ていしん》大臣として入閣。「大同団結」運動は、一八八七年、三大事件建白運動（外交失策の挽回、地租軽減、言論・集会の自由を求める運動）が高揚するなかで、後藤象二郎らが提唱した運動。「大同団結」の名は、「小異を捨てて大同を採《と》らざるべからず」から。

日清戦争

日本人の愛国心は、日清戦争に至って史上空前の大爆発を引きおこした。日本人が清国人を侮蔑《ぶべつ》し、ねたましいと思って見、そして憎悪する様子といったら、まったくなんと形容していいかわからないほどであった。白髪《しらが》頭のじいさん、ばあさんから赤ん坊に至るまでの、ほとんど清国四億の人民を皆殺しにしなくては満足できないかのような激情にかられていた。しかし、よくよく落ち着いて考えてもらいたい。こんな状況はほとんど狂気のなせる業《わざ》ではないか。飢えたトラの心に似ていないか。そうだ、まさしく野獣のごとき心情ではないだろうか。

卓越した野獣のような力の誇示

ところが、そんな彼ら自身に言わせれば、自分は「日本国家と国民全体の利益と幸福を願っているのだ」という。だが、ほんとうに同情やあわれみの思いにつき動かされて、そういうのだろうか。いや、そうじゃない。ただ敵を多く殺すことが愉快なだけだ。敵の財産を奪い、敵の土地を少しでも多く分捕《ぶんど》ることが愉快なだけだ。自分がもっている卓越した野獣のような力を世界に誇示したいだけなのだ。

わが天皇がいくさをお始めになった理由は、たしかに古人のいう「野蛮人を懲《こ》らしめるため」［『詩経』閟宮《ひきゅう》篇］だったのであろう。ほんとうに世界平和のため、人道のため、正義のためだったのであろう。しかし残念ながら、そのような目的のために煽《あお》り立てられた愛国心の本質は、憎悪であり、侮蔑であり、虚栄心であった。天皇は日清戦争の結果が、目に見える形であれ見えない形であれ、国民全体にどんな利益をもたらすかという点については、全く思いも及ばなかったのではないだろうか。

砂と小石を混ぜた缶詰《かんづめ》

たとえば、一方では、恤兵部《じゅっぺいぶ》[26]に五百円も千円も献金する富豪[27]がいる。しかしその当の富豪が、他方では砂と小石を混ぜた缶詰を兵士に売りつけている。[28]また、一方では「死を覚悟しておる」と称する軍人たちが、他方では、商人から賄賂《わいろ》を受けとって

26　物品または金銭を寄贈して戦地の兵士をなぐさめる陸軍の部署。
27　大倉喜八郎《おおくらきはちろう》（一八三七〜一九二八）のこと。明治・大正期の実業家。大倉財閥の創設者。台湾出兵、西南戦争、日清・日露戦争で軍需品の調達・輸送に当たって巨利を博した。

いる、などという例は数えきれないほどたくさんある。こういう行為を名づけて愛国心という。なにも不思議なことではないのだ。野獣のような殺伐《さつばつ》とした本性が熱狂の頂点に達するとき、多くの悪事が行なわれるのは当然の勢いだからだ。まさかこれが天皇の大御心《おおみこころ》でもないだろうけどなあ。

日本の軍人

日本の軍人が尊王・忠義の情に富んでいるのは、まことに立派なものだ。しかし、彼らの尊王・忠義の情が文明を進歩させ、世の人々の幸福と利益を増すかどうかの観点からみると、どれほどの貢献があるかは疑問である。

わが今上《きんじょう》天皇のため

義和団事件[29]に出兵したとき、大沽《タークー》から天津《テンチン》に至る道路はまったく悪路そのもので、わが日本兵の行軍は困難をきわめた。その中の一兵卒が泣いていう。「わが今上天皇のためでなければ、とてもこんな苦しさには耐えられません。むしろ死んだほうがましです」。これを聞けば涙を落とさない者はいない。わたしもまた泣く。

あわれむべき兵士よ。わたしは、この一兵卒が「天皇のため」と言って、「正義のため、人道のため、同胞である日本国民のため」と言わないのを責めようとは思わない。なぜなら、彼はふだん、家庭でも学校でも兵営でも、自分の一身を、ただひたすら天皇に捧げるべきだと教えられ、命令されていて、その他のことをちっとも知らないからである。スパルタの奴隷《ヘロット》は自由のあることを知らず、権利のあることを知らず、幸福のあることを知らなかった。主人のためにこき使われ、むち打たれ、いくさに赴《おもむ》いて死んだ。いくさで死ななければ、主人に殺された。スパルタの奴隷はそれを

28　日清戦争の時、大連港に陸あげされた軍需用品の中から、肉の代わりに小石の混ざった缶詰が出たといわれた事件。御用商人として巨利をえながら、一方でこのような行為をしていたと受けとられて世間から非難された。しかし実際には、その小石は業者が積み荷のバランスをとるために用いたもので、それが荷をおろす時にころげ落ちたのであったが、誇大に伝えられたらしい（『日本の名著44　幸徳秋水』中公バックス、一九八四年、五三二頁）。

29　義和団事件（一九〇〇〜〇一）。日本では北清事変と呼称。一九〇〇年、義和団がキリスト教および列強の中国侵略に反抗、北京に入城し各国公使館区域を包囲したため、日・英・米・露・独・仏・伊・墺の八カ国は連合軍を組織してこれを鎮定。

自ら誇りとし、国家のためだと考えていた。わたしは歴史について書かれた本の中のこういう話を読んで、いつも彼らのために泣いた。今それと同じように気の毒な気持ちから、わが日本兵のために泣くのである。

とはいえ、今はスパルタの時代ではない。わが天皇は自由と平和と人道を重んじられる。自分の臣を奴隷《ヘロット》にすることを望まれるだろうか。わたしは信じている。わが日本軍の兵士が「天皇のために」と言うよりも、むしろ進んで「人道のため、正義のために」と言うようになることこそが、天皇の喜びであるだろうということを。そしてそれこそが、本当に勤王・忠義の目的にかなっているのだということを。

「孝行な子」と呼ばれる娼婦《しょうふ》

父母兄弟を困窮《こんきゅう》から救おうとして、盗みを働く者があり、娼婦になる者がある。その結果身を危険にさらし、名を汚《けが》し、ひいてはその父母兄弟の家柄に傷をつけるに至る。中世以前は、こういう行為を賛美したものだ。しかし文明国で重んじられる道徳はその考えと行為を悲しみ愚をあわれむだけであり、その道義にはずれた行為をけっして許さない。日本兵の忠義の心は立派だし、天皇のためというのも立派である。

だが、「正義や人道なんて自分の知ったことではない」というのならば、それは野蛮な愛国心であり、迷信に満ちた忠義である。「孝行な子」と呼ばれる娼婦や盗賊《とうぞく》と異ならないだろう。

わたしは悲しむ。わが日本軍人の忠義の情と愛国の心が、いまだに文明や高い理想と一致していないことを。いまだに時代遅れの中世以前の思想から脱していないものであることを。

軍人と従軍記者

日本の軍人は忠義の情に厚く、愛国の心に富んでいる。一方、これに反して同胞である日本人のための同情は、まったく持ち合わせていない。ウソだと思うなら、新聞記者への待遇を見てもらいたい。北清事変（69頁注29参照）の際に、日本の軍人が日本人従軍記者をあつかう態度は、冷酷そのものだった。軍人は、従軍記者が食糧のないことや、寝る場所のないことについて、なんとも思っていなかった。記者が病気のときや、記者の生命が危険な状態にあるときにも、心配などしなかった。ところがそういうことについて批判をすれば、軍人はこう反論する。「そんなことは自分に何の関係もない」。そして記者をあざけり、ののしり、叱りつける。まるで記者が召使いか敵であるかのようだった。

軍人は「国家のために戦う」という。しかし従軍記者もまた、わが国家の一部をなすものではないのか。同胞の一人ではないのか。にもかかわらず、なぜこれほどにも記者を大切に守ろうとする気持ちがないのか。それは、軍人のいう「国家」には、ただ今上《きんじょう》天皇があるだけであり、軍人自身があるだけであって、その他の存在をまったく知らないからだ。

わが四千万の日本国民は、「日本軍は安全なのか、危険なのか」「勝っているのか、負けているのか」と首を長くして知りたがっているというのに、だ。日本の軍人は、従軍記者が銃弾の飛び交う戦場を、生命の危険をおかして駆け回っているのは、「ただ新聞紙の発行部数を増やそうとしているだけだ」とでも言いたいのだろうか。そうではない。記者たちは、本当に戦況を知りたいと渇望《かつぼう》しているわが四千万の日本国民の強い思いを満足させたいと願っているのだ。ところが軍人はそんなことは無用だと断じた。要するに、四千万の日本国民の気持ちを考慮に入れるなどという精神を、軍人はまったく持っていないということが、これでわかろうというものではないか。

眼中に国民なし

封建時代の武士は「国家とは、武士の国家である」としていたし、「政治とは、武士の政治である」としていた。彼らは、農・工・商に従事する人民には当事者として国家と政治に関わる権利もなければ義務もない、と考えていた。今の軍人もまた「国家とは、天皇および軍人の国家である」と考えている。軍人は「国家を愛する」といいながら、その眼中に軍人以外の国民はあるのか。これでわかるだろう。「愛国心をふるい立たせることは、敵に対する憎悪を強くすることはあっても、決して同胞に対する愛情を強くすることはない」ということが。

愛国心をふるい立たせた結果

国民が苦労して手に入れたお金や財産をしぼり取って、軍備を拡張し、生産的であるべきはずの資本を非生産的なもののために使い果たす。その結果、物価の高騰《こうとう》を招き、輸入の超過を引き起こす。それを「国家のためだ」という。愛国心をふるい立たせた結果がこれだ。頼もしいものだな。

多くの敵を殺し、多くの敵の土地と財産を奪いとっておきながら、政府の歳入・歳出の総計は、そのためにかえって二倍にも三倍にもはね上がる。[30] それを「国家のためだ」という。愛国心をふるい立たせた結果がこれだ。心づよいものだな。

その七

愛国心とはこんなもの

以上に説くところから、「パトリオティズム」すなわち「愛国主義」または「愛国心」がどんなものであるかを、ほぼ明らかにできたとわたしは信じる。それは野獣的な本能であり、迷信であり、熱狂であり、内容の空疎な誇りであり、好戦的な精神である。「愛国主義」「愛国心」とは、まあざっとこんな類《たぐい》のものだ。

人類が進歩する理由[31]

こんなふうに言ってはいけない。「愛国心を持つことは、人間の自然にそなわった性質だから、結局、しょうがないよ」と。こう考えるべきだ。「その自然から発生するさまざまな害悪を防ぎとめることが、人類の進歩する理由ではないのか」と。

水は長いあいだ停滞して動かなければ、腐敗する。これは自然にそなわった性質である。もし水を流れるままに、どこにでも動くようにしてその腐敗を防ごうとするなら、「それは自然の性質に逆らうことだ」といって、咎《とが》めるべきだろうか。人が老衰し、病気になるのは自然なことである。これに対して「薬を与えるのは自然の性質に

30　日清戦争前の日本政府の財政規模は、年間およそ八千万円前後、軍事費はその二十七パーセント前後だったが、日清戦争終結の年には歳出総額がいきなり二倍（しかも軍事費はその四十三パーセント）にまではねあがった。さらに一八九七年には、歳出の半分が軍事費となった。このような極端な軍事費への投入は、日露戦争まで続いた（隅谷三喜男著『日本の歴史22——大日本帝国の試練』中公文庫、二〇〇六年より）。

31　この項目で述べられる考えは、幸徳の師・中江兆民の『民約訳解』（巻の一「第三章　強者の権」『中江兆民全集』第一巻、一四六〜一四七頁参照）に由来すると考えられる。兆民は、「僧門の徒」がすべての出来事を「天」によるものとし、人はそれに逆らえず、あたかも人の意欲や自発的行為、科学の進歩を否定するように言うのはおかしい、と批判した。「僧門の徒」の論理からすれば、病気も「天」によることになるが、兆民は「天」（病気）と人の力（医療行為）を対比し、人の力を否定しない。兆民における「天」が、ここでの「自然」に相当するだろう。

逆らうことだ」といって、責めるべきだろうか。動物や魚介や草木は、生まれるのも死ぬのも自然にそなわった性質に任せている。進化するのも退化するのも、自分で行うのでなく、自然の性質に任せている。しかしながら、もし人がただ自然の性質に従うだけであり、それをもって人間のやるべきことは、すべてやり終えたとするのだったら、人はただ動物、魚介、草木と同じである。どこに人としての価値があるだろうか。

人は自分から進んで自然の弊害を矯正するからこそ、進歩があるのだ。生まれながらにもつ自然な欲望をもっともよく制御する人民は、道徳のもっとも進歩した人民である。天然に産出される物に対して、もっとも多く技術を駆使し、人の手を加えて、人間に役立つものを作り出した人民は、物質的にもっとも進歩した人民である。文明の幸福と利益を享受しようとする者は、自然のいいなりにならないことが必要である。

進歩の王道

だから、知らなくてはいけない。迷信を捨てて知識を求めること、熱狂を取り払って理想と道義を求めること、内容空疎な誇りを捨てて真実《トゥルース》を求めること、好戦の念を取り払って博愛の心を求めること、これが人類進歩の王道だということを。

だから、知らなくてはいけない。いわゆる野獣的な本能を脱することができず、今日の「愛国心」のなすがままに突き動かされてしまう国民は、品性いやしく、下劣であるということを。まして、そんな国民が「われわれは高尚な文明国民である」などと称することはできないということを。

だから、知らなくてはいけないのだ。人を、政治によって愛国心の犠牲にし、教育によって愛国心の犠牲にし、商工業によって愛国心の犠牲にしようとする者は、文明にとっての反逆者、進歩の敵、そして世界人類のなかの犯罪者であるということを。彼らは十九世紀中葉において、いったんは奴隷の身分から脱出した多数の人々を、道理に合わない誤った愛国心の名の下に、再び奴隷の身分に沈めてしまうということを。それだけではない、さらには野獣の境涯にまで突き落とそうとする者だということを。

文明の正義と人道

だから、わたしは断言する。「文明世界の正義と人道は、けっして愛国心がのさばり蔓延《まんえん》することを許さず、必ずこれを全部、刈り取らずにはおかない」と。しかし残念ながら、この卑しむべき愛国心は、今や軍国主義《ミリタリズム》となり、帝国主義となって、全世界に流行している。わたしは以下において、さらに進んで軍国主義がいかに世界の文明を傷つけ、人類の幸福の邪魔となっているかを見ていこう。

第三章　軍国主義を論ずる

その一

軍国主義《ミリタリズム》の勢力

いまや軍国主義《ミリタリズム》の勢力が盛んなことは空前のことであって、ほとんどその頂点に達した。多くの国が軍備拡張のために使いはたす精力や財力は、一体どのくらいになるのか計算できない。もし仮に世界各国の政治家が、外国からの攻撃、または内乱を防ぐ手段として軍備を考えているのなら、なぜそんなにも精力や財力を使う必要があるのだろうか。彼らが一国を挙げて、物質的にも精神的にも、すべてを軍備拡張の犠牲にし尽くして、なおも反省する気配がないのは、なぜだろうか。その原因と目的は、きっと自国の防衛以外にあるはずであり、自国民の保護以外にあるはずである。

軍備拡張の動機

そうだ。政治家が軍備拡張をおし進めようとする動機は、たしかに別にある。ほかでもない、その動機とは、一種の熱狂、意味のない誇り、好戦的な愛国心であり、それがすべてである。また、軍人がたんに事件やさわぎの起こることを望み、多くの兵法・戦略をもてあそぶということもある。あるいは、武器や食糧そのほかの軍需品を提供する資本家が、一攫《いっかく》千金の巨大な利益を得ようとして、軍備拡張をおし進めるということもある。イギリスとドイツの軍備拡張は、これらが殊《こと》に大きな理由であった。しかし、軍人や資本家が彼らの野心を逞《たくま》しくすることができたのは、じつは多数の人民が意味のない誇りと好戦的な愛国心に熱狂した機会に、うまくつけ込んだからである。

甲国の国民はいう。「わたしは平和を願っているのです。でも、乙国の国民がわが国を侵攻しようという、身のほど知らずの望みをもっているので、どうしようもありませんよ」。乙国の国民もまたいう。「わたしは平和を願っているのです。でも、甲国の国民がわが国を侵攻しようという、身のほど知らずの望みをもっているので、どうしようもありませんよ」。世界各国、みな同じことをいわない国はない。なんというアホらしさ加減！

五月人形、三月雛

このようにして各国の国民は、男の子や女の子が五月人形や三月雛の美しさを誇り、数の多さを競い合うように、自国の武器の優秀さと軍艦の多さを競い合っている。そうだ、ただ競い合っているだけだ。必ずしも敵国の突然の襲来を信じているからではなく、必ずしも外国出兵に急を要するからではない。これはまるで児戯《じぎ》に等しい。しかし困ったことには、本当に恐るべき、いたましい損害を引き起こす戦争となってしまう原因は、こんなたわいもないことの内にきざすのである。

モルトケ将軍

故モルトケ将軍[1]がいうことには、『世界平和の希望は夢想にすぎない。それにこの夢はあまり美しくない』のだそうだ。たしかに平和への夢は、将軍には醜いだろう。

モルトケ将軍はほんとうにしあわせな夢想者だった。将軍はフランスとのいくさに勝って五十億フランの賠償金とアルザス、ロレーヌの二州を獲得した。それにもかかわらず、むしろいくさに負けたフランスの商工業のほうがすみやかに繁栄し、勝ったドイツの市場は突然、大きな困難にぶつかって衰退を招いてしまった。それを見た将軍は激怒した。これがモルトケ将軍の美しい夢の結果だった。美しい夢の結果は、ずいぶん醜いものではないかしら。

野蛮人の社会学

というわけで、不満のおさまらないモルトケ将軍は、再び美しい（と彼は考えているのであろう）武力をもってフランスに大打撃をあたえ、再起不能なほどに叩きのめそうとしばしば試みた。これはひとえに、武力の勝利によって国民を経済的に豊かにしようとするモルトケ将軍の政治的手腕である。もしこんな考え方や物事のとらえ方を、二十世紀の国民の理想として崇拝しなくてはならないとすれば、われわれはいつになったら野蛮人の倫理学、野蛮人の社会学を超えることができるのだろうか。

小モルトケの輩出

ところが軍国主義全盛の結果として、このモルトケ将軍は現代の理想となり手本となった。小モルトケはいまや世界中いたるところに輩出している。まるで雨後の筍《たけのこ》のように。東洋の一小国、日本にも小モルトケが意気揚々《ようよう》と闊歩《かっぽ》している。

彼ら小モルトケたちは、軍備制限を主唱するニコライ二世[2]を夢想者《ドリーマー》とあざけり、平和会議を滑稽《こっけい》だとののしる。彼らはいつも「平和を望んでいる」といいながら、舌《した》の根《ね》も乾《かわ》かないうちに「軍備はよいことだ、戦争は必要だ」と自分からさきにたって唱えている。わたしはいまその矛盾を責めないことにしようと思う。しばらくの間、彼らのいう「社会が軍備と戦争を必要とする」という理由をきいてみよう。

1　プロイセンの軍人（一八〇〇～九一）。普墺《ふおう》戦争・普仏戦争に大勝、ドイツ帝国の統一に貢献した。

2　帝政ロシア最後の皇帝（一八六八～一九一八）。皇太子時代の一八九一年、日本旅行の際に大津で巡査に斬《き》りつけられた（大津事件）。

その二

マハン大佐[3]

近ごろ、軍事や軍国のことに通じていると言われている者のうちで、マハン大佐以上の人物はいない。彼の大著は、英米諸国の軍国主義者、帝国主義者のオーソリティー［authority. よりどころ、典拠］として好評を博し、大いに売れている。わが国の教育ある人びとにも愛読者が多いことは、その翻訳書の広告がひっきりなしに出ているのを見てもわかるだろう。だから軍国主義を論ずる者は、まず彼の意見を調べてみるのが便利で有益、そして義務でもあるとわたしは信じている。

マハン大佐のいう軍備と徴兵の功徳《くどく》

マハン大佐が軍備と徴兵の功徳を説くやり方は、かなり巧妙だ。こんなふうにいう。

経済上においては生産の衰退をまねき、人の生命と時間とを税金として差し出させるようだ、などという、軍備における不利益または害毒については、われわれは日々、それを耳にしているから、ここにあらためて説明する必要はない。

しかし一方から見ると、軍備と徴兵によってもたらされる利益の方が、その弊害よりも大きいのではないだろうか。今日のような、目上の人間の権威が衰え弱まり、規律のゆるみが目に余る時代に、年少の国民は、秩序と服従と尊敬を学習しなければならない兵役という学校に入ることによって、その身体が組織的《システマティカリー》に鍛えられ、克己《こっき》や勇気や人格が、軍人の重要な要素として養成される。ここに何の利益も効用もないだろうか。多くの年少者が軍人となるべき教練を受けるために、自分の生まれ故郷を去り、一つの団体をつくり、高等な知識をもつ先輩にまじって、その精神を一つにし、共同で労働すべきことを教えられる。また憲章・法規のもつ権威や権力というものに対する尊敬の念を養い教練を終えて、再び故郷に帰ることは、今日のように宗教が軽んじられ、乱れた時代に、何の役にも立たないことだろうか。よく観察し比較してみるがいい。初めて軍人養成のた

3 アメリカの海軍将校、戦略家、海外進出を力説した思想家(一八四〇~一九一四)。一八九〇年、『海上権力史論』を発表。アメリカの指導者のみならず、イギリス、ドイツ、日本などにも甚大《じんだい》な影響を及ぼした。

めの教練を受ける新兵の態度や動作と、教練を受けたあとの兵士の容貌や体格とを。彼らを比較してみれば、両者の間にはどれほどの優劣の差があるか、わかるだろう。軍人養成の教練は、その教練を終えた兵士が後年になって各人が、生計をいとなむ上で決して有害なものではない。少なくとも大学において年月を浪費してしまうほどには、有害でない。それに軍備と徴兵は、各国民が互いに相手国の武力を尊敬《リスペクト》することによって、平和はますます確保され、戦争はその数を減らし、たまたま強い衝動《コンヴァルション》〔convulsion.（社会的・政治的な）異変、動乱〕による事故があるとしても、事の成り行きはきわめて急速に収束へと向かい、それを平定することはきわめて容易である。それでも軍備と徴兵は何の役にも立たないというのか。考えてみれば、戦争は百年前には慢性病であったが、今日ではきわめて稀にしか起こらない急性の発作である。だから戦争という急性の発作に対する準備、すなわちまれにしか起こらぬ発作を治すために戦う心は、もとより善であり美であって、その心は兵士が傭兵《ようへい》であった当時よりも、今の方がはるかに広大であり活発になっているのがわかる。なぜなら、今や国民が兵士であり、単にひとりの君主の奴隷ではないからである。

マハン大佐の言説が巧妙でない、というのではない。しかしわたしには、それがひどく非論理的にみえる。

戦争と病気

マハン大佐のいうところを分析しよう。彼はこう言う。「戦うことを学び、秩序と尊敬と服従の徳を育成することは、今日のような、権力が衰え規律のゆるんだ時代には、もっとも緊急を要する大事である」。またこうも言う。「しかし戦争は病気である。百年前は慢性的な病気だった。今は国民皆兵であり、国民は君主の奴隷ではないから、戦争は減少した。たまたま戦争が起こるとしても、それは急性のものである。だから健康なときに、いつでも急性の発作に対処するための準備と注意が必要だ」。そうだとすれば、マハン大佐の主張はこういうことになる。「国民が戦争という慢性病にかかっている時代は、秩序があり、規律がしっかり守られている時代である。一方、健康な時代は、すなわち『規律がゆるみ』『宗教が壊れて乱れた』時代である」と。これは奇妙な話ではないか。

権力の衰退と規律のゆるみや乱れ

マハン大佐のいう「権力の衰退、規律のゆるみや乱れ」とは、要するに社会主義の発生のことを指しているのだろう。これが妄想であることは言うまでもない。では、マハン大佐がいうように、仮に現在が百年前に比べて、規律がゆるみ、乱れてしまっているとしよう。また、仮に社会主義者が今日の社会の「秩序」と「権力」をぶち壊そうとしており、その結果、規律がゆるみ、乱れ、宗教がすっかり力を失ってしまったのだとしよう。しかし仮にそうだとして、では、徴兵制と軍人養成のための教練は、こういう状態に陥ることを防ぐことができるだろうか。次の事実をよく見ていただきたい。

兵士・軍人は革命思想の伝播者《でんぱしゃ》

アメリカ独立戦争のとき、援護におもむいたフランス軍人は、その後のフランス革命において、秩序破壊にかかわる主要な担《にな》い手ではなかったか。パリに侵入したドイツ軍人は、ドイツ諸邦において、革命思想の有力な伝播者ではなかったか[4]。現在のヨーロッパ大陸において、徴兵制を採用する諸国の兵営は、つねに社会主義の大きな一つの学校として、今日の社会に対して不平を養成する場所となっている。これは非常にはっきりした現象ではないだろうか。わたしは社会主義思想が世の中に大いに広まることを願う。したがって社会主義思想を養成する場所として兵営があるとすれば、私は決して兵営というものを否定しない。というわけで、マハン大佐が言うような「兵士の教練は、目上の者に対する服従と尊敬の美徳を養い得るにちがいない」という考えは、間違っていることがわかるではないか。

そうなのだ。カエサルの軍隊は、国家の秩序に対してどれほど尊敬の気持ちを抱いていただろうか。クロムウェルの軍は、はじめは国会のために抜いた剣を揮《ふる》って、かえってその国会を滅ぼしたのではなかったか。軍国主義者は、ただカエサル、クロムウェルの存在を知っているだけであり、彼らが国家の秩序や規律をどのように扱った

4　フランスでルイ＝フィリップの王政下、選挙権の拡大などを主張する運動が活発化し、一八四八年二月、パリで民衆が蜂起した（二月革命）。この二月革命の影響を受けて、翌三月にはドイツ各地でも自由主義を求める民衆の声が高まり、王権勢力に対する闘争が展開された（三月革命）。

かを知らないのだ。

戦争という病気の発生

人が軍人としての教練を受けるのは、たんに戦争を終結させるという善良な目的に向かって戦うために、つまり「急性の病気」を治療するためにだろうか。仮にそうだとしても、彼らは百年の間、この病気を治療する機会、つまり戦闘する機会がないとすれば、悠然としてただひたすら朝から晩まで教練ばかりをやっていることに耐えられるだろうか。まさか、そんなことはない。必ず自分からこの戦争という病気をつくり出して、軍人としての教練の成果を試す機会を得て満足しようとするはずだ。

徴兵制と戦争の数

国民皆兵ならば王侯の奴隷ではないというのは、たしかにその通りである。しかし王侯の奴隷ではないからといっても、各国の兵士は相互に他国の兵士や武力を尊敬《リスペクト》するから戦争は減少する、というにいたっては、まったくデタラメな話である。古代ギリシアとイタリアは、国民皆兵であり必ずしも王侯の奴隷ではなかった。にもかかわらず、戦争は「慢性の病気」だったではないか。弱国に攻め込むとき、傭兵は純然たる徴兵軍よりも簡単に集められるという利点がある。ところが、国民皆兵の徴兵制には、何か利点があるのだろうか。ナポレオン戦争も徴兵により行われた。近代ヨーロッパの墺仏《おうふつ》［オーストリア・フランス］戦争、普仏《ふふつ》戦争、露土《ろと》戦争〈121頁注52参照〉といった、しばしば起こる、複雑にいりくんだ戦争は、徴兵制のもとで起こった、この上なく惨憺《さんたん》たる戦争ではなかったか。

もしも近年、力のほぼ互角な国家間の戦争が速《すみ》やかに終結するようになったとすれば、その理由は、国民に対する軍人養成のための教練が完全だからではなくて、戦争の惨害がきわめて大きいからにすぎない。または、人が物事の道理をよく考え、批判的に評価することができるようになったからにすぎない。

戦争が減少した理由

一八八〇年以来、力のほぼ互角な強国間で戦争がほとんど行われなくなったのは、両国の国民がお互いを尊敬しているからではなくて、ただ戦争の恐るべき結果を見抜き、その狂気、愚かしさを悟ったからにすぎない。独仏は両国間の戦争によって共倒れすることを知っているし、ロシア皇帝は、一等国「おそらくここではイギリスのこと」と戦う結果が自国の破産と零落《ルーイン》であることを知っている。

強国が互いに戦わない理由は、ただそれだけのことにすぎない。若者が徴兵され、軍人となるべき教練を受け、尊敬する心を養成されたから、ではない。見るがいい。欧米の強国は、今や大いにその武力をアジア・アフリカに用いようとしているではないか。そうなのだ、彼ら強国の虚栄心、好戦的な心、野獣的な本能は、軍人となるべき教練を受けることによって、かえって激しく煽《あお》られつつあるのだ。

その三

戦争と文芸

軍国主義者はいう。「鉄が水火の鍛錬を経《へ》て、かたく鋭くなるように、人も、いちど戦争の過酷さを経験して鍛えられなくては、決して偉大な国民となることはできない。美術も科学も製造工業も、戦争によって鼓舞され刺激されることなしには、高い水準に発達することは稀である。古来、文芸が大いに栄えた時代は、多くは戦争の後の時代である。ペリクレスの時代はどうだったか。ダンテの時代は、エリザベス［一世］の時代はどうだったか」。わたしは平和会議が主唱された当時、イギリスの軍国主義者のうちの有力な一人が、この説を述べるのをみた。

なるほどその通りだ。ペリクレス[5]やダンテやエリザベスの時代の人民はみな、戦争を経験した。しかし、そもそも古代の歴史はほとんど戦争に充ち満ちているのであって、戦争を経験したのはこれらの時代だけでなく、その他の時代もまた、戦争を経験したのである。なぜ彼らの文学だけが、もっぱら戦争のもたらした恵みだといえるのだろうか。したがって、彼らの文学が本当に戦後になって急に盛んになったとか、または戦争と切り離せない一貫した特徴があることを証明しなければ、その説はこじつけだという批判を免れない。

古代ギリシア諸国のなかで、いくさを好み、いくさに強いことではスパルタに及ぶ

5　古代ギリシア、アテネの政治家（前四九五頃～前四二九頃）。民主政治を徹底させ、土木・建築・学芸にも功績を挙げ、アテネにペリクレス時代と呼ばれる黄金時代を実現。

6　一八九九年にオランダのハーグで開かれた、第一回ハーグ平和会議のことか。

ものはない。では、そのスパルタは、はたして一つでも技術や文学や哲学で、後世に受け継がれるべきものを持っていただろうか。イギリスのヘンリー七世[7]およびヘンリー八世[8]の時代は、猛烈な内乱の続いたあとの時代である。にもかかわらず、文芸の発達は少しも見るべきものがなかったではないか。エリザベス時代の文芸復興の起こる気配《けはい》は、スペインの無敵艦隊との戦いよりもはるか以前にあらわれていたのであって、スペンサー[9]やシェイクスピア[10]やベーコン[11]は、決してこの戦争のおかげで出現したなどとはいえないのである。

ヨーロッパ諸国の文芸・学術

三十年戦争[12]は、ドイツの文学・科学をいったん沈滞させ衰えさせてしまった。ルイ十四世（171頁注16参照）の即位当時、盛んだったフランスの文学・科学は、彼がみだりに戦争をしたことによって、衰えのきわみに達し、その晩年に至って復興した。そうしてフランスの文学は、いくさに勝った時代よりも、負けて困惑している時代の方がつねに盛んなのを知らないのか。「近年のイギリスのテニソン[13]やサッカレー[14]の文学、ダーウィン[15]の科学は、クリミア戦争（121頁注51参照）の勝利が原因で生まれたのだ」

などといえば、笑わないものがあるだろうか。「近年のロシアのトルストイ、ドストエフスキー、ツルゲーネフの文学は、クリミア戦争の敗北が原因で生まれたのだ」な

7　チューダー朝初代のイングランド王（一四五七〜一五〇九）。王室財政の安定・拡大に努めた。またスペインとの友好関係を結んだりして、チューダー家の国際的地位を高めた。

8　チューダー朝第二代のイングランド王（一四九一〜一五四七）。王権を強化し、海軍を育成した。イギリス絶対君主制を確立。

9　イギリスの詩人（一五五二頃〜九九）。その豊富美麗な詩語、達意の修辞、多様な詩的形式の駆使などから、古来「詩人のなかの詩人」と呼ばれる。

10　イギリスの劇作家・詩人（一五六四〜一六一六）。世界の文学史上、欠くことのできない存在。日本へは明治の初め頃に紹介され、明治期の劇壇はシェイクスピア・ブームといってよいほどの活況を呈した。

11　イギリスの政治家、哲学者（一五六一〜一六二六）。科学的方法と経験論との先駆者。学問の最高課題は、一切の先入見と謬見《びゅうけん》を捨て去り、経験（観察と実験）を知識の唯一の源泉、帰納法を唯一の方法とすることによって自然を正しく認識し、この認識を通じて自然を支配すること（「知は力なり」）であるとした。

12　ドイツを舞台として一六一八年から一六四八年までの三十年間、ヨーロッパ各国を巻き込んだ宗教戦争。一六四八年、ウェストファリア条約によって終結。

どといえば、笑わないものがあるだろうか。ドイツの諸大家は、普仏戦争の後にではなく、その前に出現した。アメリカ文学の全盛期は、内乱の後にではなく、その前に、である。

日本の文芸

わが日本の文芸もまた、奈良平安時代に盛んであり、保元平治《ほうげんへいじ》に衰え、北条氏の時代に小康を得てわずかに復興の運びとなった。しかし元弘《げんこう》以後、南北朝から応仁の乱をへて、元亀天正《げんきてんしょう》にいたる間に、ほとんどあとかたもなく消え失せて、ただ五山の僧によってかろうじて命を保っていた。このことについては、いくらかでも歴史を読む者ならば同意するだろう。

だから、もし文芸が戦後に盛んになることがあるとすれば、それはただ戦争の間、抑えつけられ妨害されていた文学が、わずかに太平の時を得て、頭をもたげたものであって、けっして戦争のおかげで盛んになったのではない。紫式部《むらさきしきぶ》[16]や赤染衛門《あかぞめえもん》[17]や清《せい》少納言《しょうなごん》[18]は、戦争のおかげでどんな感化をこうむったか。頼山陽《らいさんよう》[19]や曲亭馬琴《きょくていばきん》[20]や風来山《ふうらいさん》人《じん》[21]や巣林子《そうりんし》[22]は、戦争のおかげで何か鼓舞されることがあっただろうか。森鷗外[23]や坪内《つぼうち》逍遥《しょうよう》[24]や幸田露伴《こうだろはん》[25]や尾崎紅葉《おざきこうよう》[26]は、戦争とどんな関係があるというのか。

13　イギリスの詩人（一八〇九〜九二）。バイロンを除いてイギリス文学史上、彼ほど民衆の心をとらえた詩人はいなかった。日本への影響も大きく、土井晩翠《ばんすい》、岩野泡鳴《ほうめい》らが思想的影響をうけている。夏目漱石の『薤露行《かいろこう》』（一九〇五）はテニソンのアーサー王物語の翻案。

14　イギリスの小説家（一八一一〜六三）。ヴィクトリア朝を代表する作家の一人。

15　イギリスの博物学者（一八〇九〜八二）。自然淘汰《とうた》による進化論を提出。主著『種の起源』（一八五九）。

16　平安中期の物語作者、歌人。生没年未詳。『源氏物語』『紫式部日記』の作者。

17　平安中期の女流歌人。生没年未詳。

18　平安中期の文学者（九六六頃〜未詳）。『枕草子』の作者。

19　江戸時代後期の儒者（一七八〇〜一八三二）。『日本外史』など。

20　滝沢馬琴（一七六七〜一八四八）のこと。江戸後期の戯作者。『南総里見八犬伝』など。

21　平賀源内《ひらがげんない》（一七二八〜七九）のこと。江戸中期の博物学者・戯作者。「エレキテル」を自製。『風流志道軒伝』『放屁論』など。風来山人は号。

22　近松門左衛門《ちかまつもんざえもん》（一六五三〜一七二四）のこと。江戸中期の浄瑠璃・歌舞伎脚本作者。『心中天網島』など。巣林子は号。

23　作家（一八六二〜一九二二）。陸軍軍医総監・帝室博物館長。『舞姫』『渋江抽斎』など。翻訳に『即興詩人』など。

わたしは戦争が社会と文芸の進歩を邪魔《じゃま》するのを見たが、いまだ発達を助けるのを見たことはない。日清戦争の時にできた『膺《う》てや懲《こら》せや清国を』という軍歌を、わたしはまさか偉大な文学であるということはできないのである。

武器の改良

刀や槍や戦艦や大砲が改造され、性能が進歩して、堅《かた》くてじょうぶで鋭いものになるのは、ひょっとしたら戦争のおかげだと思えるかもしれない。しかし、これはみな科学技術の進歩の結果であり、じつは平和の賜《たまもの》ではないのだろうか。仮に武器の改良が戦争そのものの成果だとしても、これらの発明や改造は、国民を高尚で偉大にすることに関係のある知識と道徳の面で、どれほどの貢献があるというのか。

軍人の政治的才能

たしかにそうだ。軍国主義は、決して社会の改善と文明の進歩に役立つものではない。戦闘に習熟することや軍人の生活は、決して政治的・社会的に人の知識と道徳を進歩させるものではない。わたしはこの点について、さらに適当な証拠を示すために、輝かしい軍事上の功績をもつ、古来の軍事的な英雄を取り上げてみよう。そして彼らの政治家としての才能、および武力でなく法律などによって世を治めるという観点からみた業績が、どんなにあわれむべきものだったかを示してみよう。

アレクサンドロス、ハンニバル、カエサル

古代のアレクサンドロス[27]、ハンニバル[28]、カエサルの三者は、豪傑中の豪傑として、子どもでもその名を知っている。しかし彼らには、破壊する力に比べると、建設する力の方は全くなかった。アレクサンドロスの帝国《エンパイア》は、政治学的に考察してみれば、このような帝国を打ち建てるなどということは、実際には不可能なことである。事実、

24　小説家・劇作家・評論家（一八五九～一九三五）。日本で初めてシェイクスピア戯曲全三十七作品を日本語訳した。小説に『当世書生気質』など。

25　小説家（一八六七～一九四七）。『五重塔』『運命』『評釈芭蕉七部集』など。

26　小説家（一八六七～一九〇三）。『金色夜叉《こんじきやしゃ》』など。

27　マケドニアの大王（前三五六～前三二三）。アレキサンダーとも。

28　カルタゴの名将（前二四七～前一八三）。

それはただ一時の、征服のコンヴァルション[29]［convulsion.（社会的・政治的な）異変、動乱］にすぎなかった。したがって、その帝国が崩壊したのは自然の道理である。ハンニバルの巧みな戦略は、イタリアを圧倒すること十五年、その間、ローマ人を巧みに操作して、彼らが身動きできないほどに抑え込むことに成功した。しかし彼はみずからの母国、カルタゴの重症化した腐敗を救うことは出来なかった。カエサルは戦場ではまるで飢えたトラのような勢いで勇猛に戦ったが、政治の壇上に立つと、まるでメクラヘビのような存在で、ただローマの民政を堕落させただけであり、万人の怨みを集めただけであった。

源義経《みなもとのよしつね》は戦争に巧みだった。楠木正成《くすのきまさしげ》や真田《さなだ》幸村《ゆきむら》もまた、戦争に巧みだった。しかし誰が彼らの政治的手腕を信じることができるだろうか。彼らは全く軍人的な資質の持ち主だったので、彼らを政治の壇上に立たせたならば、はたして北条氏九代、足利氏十三《ママ》［十五］代、徳川氏十五代の土台を築き得たかどうか。

義経《よしつね》、正成《まさしげ》、幸村《ゆきむら》

項羽《こうう》と諸葛亮《しょかつりょう》

大小七十四回のいくさに勝った項羽《こうう》[30]は、煩雑な法の条文を三章ほどに簡約にした漢の高祖[31]には及ばなかった。諸葛亮[32]の戦術も、ついに武帝[33]の書物（『孟徳新書《もうとくしんしょ》』）には及ばなかった。なぜならば、社会の人心をつないで、天下太平をもたらす方法は、武力でなく、別にあるからだ。

29　岩波文庫、幸徳秋水『帝国主義』（137頁）では、この「コンヴァルション」をconversion（変換、転換）としているが、誤りだろう。幸徳がここに挙げている歴史上の事例は、ロバートソンの『愛国心と帝国』に負っているが、そこではconvulsionである。John M. Robertson, *Patriotism and Empire*（Routledge, 1998［This is a reprint of the 1899 edition］）,p.96.「解説」も参照。

30　中国、秦末に劉邦《りゅうほう》（漢の高祖。次注参照）と天下を争った英雄（前二三二〜前二〇二）。

31　中国、前漢王朝の創始者、劉邦《りゅうほう》（前二五六か二四七〜前一九五）のこと。劉邦は「寛大長者」とされ、秦代の極端な法罰主義の弊害にかんがみ、何事にも寛大、簡易を政治理念とした。秦末の動乱期を項羽と覇を争い、巨大な統一政権である漢帝国の礎をよく築いた劉邦は、中国史上においても稀にみる人物の一人であったといえる。

32　三国時代の蜀《しょく》の丞相《しょうじょう》＝大臣（一八一〜二三四）で、代表的な忠臣とされる。諸葛孔明《しょかつこうめい》とも。

33　三国時代の魏《ぎ》の創建者、曹操《そうそう》（一五五〜二二〇）のこと。

フリードリヒ［二世］[34]とナポレオン

近代の軍人でもっとも政治的な功績のあったのは、フリードリヒとナポレオン［一世］の二人である。しかしフリードリヒは初めから軍人生活を憎むこと激しく、戦闘訓練を習うことをきわめて苦痛としていた。彼は「軍国主義的理想」を代表するのにふさわしい人物ではなかったのである。その彼もやはり、強固な国を建設し、その死後に残すことができなかった。ナポレオンの帝国が、両国橋の上に打ちあげられる花火と同じで、パッと輝き、スッと消えたのはいうまでもない。

ワシントン

ワシントン［米国初代大統領］は賢者である。彼は戦場では将軍であり、国会では宰相であった。しかし、決して彼を純然たる武人と考えることはできない。彼は偶然でやむを得ない、時の運命に迫られたから戦ったのであって、いくさを喜ぶ人ではなかった。

アメリカの政治家

アメリカにおいて、軍人的な素養のある者が、かつて最上の政治家と見なされなかったということは、特に注目すべき価値がある。軍人で初めてアメリカの大統領となったのは、アンドリュー・ジャクソン〔第七代大統領〕ではなかったか。そして、猟官《りょうかん》制度[35]ということも、たしかに彼の時から始まったのではなかったか。

グラント将軍〔第十八代大統領〕は、近来の軍人中もっとも尊敬すべき人物とされる。しかし大統領としての成績があまり良くなかったことは、彼の支持者でさえも議論の余地のない事実ではないだろうか。彼が忍耐づよくて正直であるにしても、戦争における技能・手腕（武事）を非軍事的手腕（文事）に応用できないのは、残念ながらど

34　プロイセン王（一七一二～八六）。通称フリードリヒ大王。啓蒙君主の典型。少年時代からフランス風の文芸や音楽を好み、ヴォルテールらに親しんだ。オーストリア継承戦争（一七四〇～四八）、七年戦争（一七五六～六三）で、オーストリアのマリア・テレジアと戦ってシュレージエンを領有、ポーランド分割に参加して領土を拡張した。

35　スポイルズ・システム（spoils system）ともいう。公職の任命と免職を、党派への忠誠や、党派の情実によって決める政治慣行のこと。ジャクソン大統領時代に制度として確立された。

うにもならない。

グラントとリンカーン

リンカーン［第十六代大統領］が軍事によく通じていて、その計画・作戦は、将校たちの決して思いつくことのできない優れたものであることを、わたしは知っている。しかしこれは、たまたま真の政治家は軍事のことにも通じているものだという証拠にすぎず、軍人となるための教練が大政治家をつくる、などという愚論の証拠ではない。孔子のいう「文事にすぐれた者は、必ず武事にもすぐれている」［『史記』孔子世家］というのは、まさしくワシントンやリンカーンの場合のことである。しかしその逆の、武事にすぐれる者が、必ずしも文事にすぐれる者とは限らない。グラント将軍などはまさにこれだ。

ウェリントンとネルソン

イギリスの近代にあって、その功名が世界中にひかり輝き、軍人の理想であり軍国主義者の崇拝の的となっているのは、陸軍ではウェリントン[36]、海軍ではネルソン[37]である。ウェリントンの政治的手腕は、凡庸な政治家よりはいくらかましだった。だが、彼は決して一時代をうまく治め、万民を指導する人材ではなかった。鉄道会社が格安切符を販売して低所得層でも乗れるよう便宜をはかったのに対して、ウェリントンは、『下流の人民を、用もないのに国中を遊び歩かせるものだ』といって、これに反対したではないか。ネルソンにいたっては、ほとんど評価すべきものがない。彼は海軍軍人としての他には、なんの価値もない人物だったのである。

ひるがえって、わが国を見てもらいたい。軍人のなかで、その政治的手腕を賞讃される山県《やまがた》、樺山《かばやま》、高島

36　イギリスの将軍・政治家（一七六九～一八五二）。ナポレオン戦争で戦功をたて、ウィーン会議にイギリス代表として参加、エルバ島を脱出したナポレオンをワーテルローに破った（ワーテルローの戦い。一八一五。51頁注16参照）。のち政界に入り首相となる。

37　イギリスの提督《ていとく》（一七五八～一八〇五）。十二歳で海軍に入り、二十一歳で大佐・艦長に昇進。以後、ナポレオン戦争でかがやかしい戦歴を記録した。一八〇五年、トラファルガーの海戦で、フランス、スペインの連合艦隊を撃破してナポレオンのイギリス本土侵攻の野望を打ち砕いた。

れるべき者があるだろうか。東洋のモルトケ、ネルソン、ウェリントンにたとえられ崇拝される、山県《やまがた》［有朋《ありとも》］侯爵、樺山《かばやま》［資紀《すけのり》］伯爵[38]、高島《たかしま》［鞆之助《とものすけ》］子爵[39]には、明治の政治史、社会史において、何か特筆すべきことがあるだろうか。選挙干渉や議員買収の悪例をつくって、わが国の社会と人心を腐敗させ、堕落を最悪の状態にまで陥らせた罪悪をつくった張本人は、まさに彼らではないか。

軍人の智者や賢者

こんなふうに言うからといって、わたしのことをみだりに軍人や軍隊をののしる者だと思わないでほしい。わたしは農工商人の中に智者や賢者があるように、軍人の中にも智者や賢者のあることを知っている。わたしは、そういう人を尊敬することに躊躇《ためら》いはしない。

ただし、軍人の中にもいる智者や賢者は、軍人としての教練を受けたあと、または戦争を経験したあとで初めて智者になり賢者になるのではない。別に手に銃剣がなくても、肩に軍服の肩飾り《エポレット》がなくても、胸に勲章がなくても、そもそも智者や賢者は智者であり賢者なのである。ところが、彼らがいかに智者であり賢者であっても、軍人としての職務や軍人になるために受けた教育がもたらす効能のせいで、むしろせっかくの智者、賢人も社会全般に対して何の利益ももたらすことがない。

　軍人としての職務や教育によって、人は一致協力することを学ぶ、などと言わないでもらいたい。人を殺すための一致協力なんて、どうして尊ぶことができようか。軍人養成のための教練によって、人は規律に服することを学ぶ、などと言わないでもらいたい。自分の所有している精神や肉体や物品を浪費する規律なんて、どうして敬《うやま》うことができようか。軍人の教練によって、人は勇気を生ずるようになる、などと言わないでもらいたい。文明を破壊する勇気を手に入れることなんて、どうして願うことができようか。いや、これらの規律、一致協力、勇気でさえも、彼らが兵営を一歩出れば、ボーッとかすんでしまって後には何も残らないのだ。残るものといえば、ただ強者の言いなりになって弱者をはずかしめ、いじめるという悪風だけである。

38　軍人（一八三七～一九二二）。海軍大将。初代台湾総督。
39　軍人（一八四四～一九一六）。陸軍大臣、枢密院顧問官など歴任。

その四

軍国主義の弊毒

軍国主義と戦争は、単に社会と文明の進歩にとって何の利益もないばかりか、社会を破壊し、文明を殺すので、その害悪にはまったく恐るべきものがある。

古代文明

軍国主義者はいう。「古代文明が歴史上に現れたときには、どの文明もみな、戦争と商売の発展とが一致した社会ではなかっただろうか」と。軍国主義者は古代のエジプトやギリシアを例にあげて、軍備が文明を進歩させた証拠にしようとする。だが、それは誤りだ。わたしはこう信じている。「もしエジプトが武力による征服、軍備重視の生活をする国に堕落することがなかったら、エジプトの繁栄はさらに数百年も維持され、命脈はさらに数千年も保たれたかもしれないのに」と。ギリシアについては、次に見るように、エジプトとはまた別に、一考に値する。

アテネとスパルタ

古代ギリシア諸国が軍事を重視したといっても、国によって実情は同じでない。スパルタは徹頭徹尾、軍国主義を貫いた。その生活は軍事訓練そのものであり、国の事業は戦争であって、他に何もなかった。そして技術や文学や哲学に関しては、一つの見るべきものもなかったことは、前に述べたとおりである。アテネはスパルタほどには徹底していない。ペリクレスは言った。「われわれはスパルタのような軍事訓練によってヘトヘトになって、自らを苦しめるようなことはしない。しかし、いったんいくさが起これば、われわれの勇気がくじけるということはない。われわれは、スパルタが戦争に対する準備にあくせくして、生涯を軍事訓練のために使い尽くしてしまうのに比べて、決して劣ってはいないはずだ。これは大きな利益ではないだろうか」と。今日の軍国主義者は、はたしてスパルタを選ぼうとするのか、アテネを取ろうとするのか。

今日の軍国主義者がどんなに頑固で愚鈍だとしても、豊かなアテネの文明を棄《す》てて、わざわざスパルタの野獣的な軍国主義を賛嘆するなどということはあるまい。しかし軍国主義者の持論に照らし合わせると、スパルタこそは、まさに彼らの最高の理想に合致しているのではないのかね。

ペロポネソス戦争後の腐敗

軍国主義者はこう反論するかもしれない。「われわれはスパルタの徹底した軍国主義を望まない。ただ上手にアテネの軍国主義にならって、善と美を得ようとするのだ」と。もちろんスパルタに比べれば、アテネはまだましである。だが、考えてみるがいい。アテネといえども、その軍備は、政治を改良するために、どんな成果があったのか。社会の品性を向上させるために、どんな成果があったのか。アテネ市民を戦争へと煽り立てる以外に、はたしてどんな利害があったのか。彼らはペロポネソス戦争[40]に従事すること三十年、軍国主義の利益と成果はまさにこの時にこそ、最大限に発揮されるはずだっただろう。ところが結果は逆であり、ただ腐敗と堕落しかなかった。

トゥキュディデスの『戦史』

ペロポネソス戦争が、全くギリシア人民の道徳を一掃し、信仰を破壊し、理想と道義を跡形《あとかた》もなくかき消してしまい、どれほどの凄惨《せいさん》きわまる状況を引き起こしたかを知りたいならば、トゥキュディデスの古典『戦史』[41]を引用するのが手っ取り早いだろう。トゥキュディデスはこんなふうに描写している。

諸都市の騒乱がひとたび起こると、反抗的精神の流行は、まるで宿場から宿場へと車馬が命令を伝えていくように伝播《でんぱ》して、存在するものすべてをことごとく破壊しつくさないではやまない。その破壊しつくそうとする企てはますます暴力的になり、その復讐《ふくしゅう》はますます残忍となる。ことばの意味は、もはや実際の事物と同一の関係をもたず、ただ彼らが適当と考えるとおりに変更された。暴虎《ぼうこ》馮河《ひょうが》〔『論語』述而。血気の勇にはやること〕が義勇といわれ、つつしみ深く、注意が行き届いていることが臆病者の口実といわれた。温和は軟弱の仮面といわれ、万事を知る者は何一つしない者となり、常軌《じょうき》を逸したように暴れまわることが

40　前四三一年から前四〇四年にかけて、アテネを中心とするデロス同盟とスパルタを中心とするペロポネソス同盟とが、古代ギリシア世界を二分して戦った大戦争。アテネ側が敗北。

41　古代ギリシアの代表的な歴史家の一人（前四六〇頃～前四〇〇頃）。『戦史』はペロポネソス戦争を扱った未完の史書。

真の男子の本性となった。……狂暴を愛する者こそが信頼するに足る人間とされ、これに反論する者は何かあやしいことがあるのではないかと疑われた……そもそも徒党を組んだり、陰謀に加わったりすることを好まない者は、仲間割れを意図する者とみられ、敵を怖がる臆病者とされた。……悪事によって他者を陥れようとする者は、感心してほめられ、良民を煽動して罪悪に誘う者は、それ以上に感心してほめられた。……敵討《かたきう》ちは、自分の身を安全にたもつことより尊いことだった。各派の間での団結は、ただ自派に勢いのない、やむを得ない間だけのことであった。他派を圧倒しようとする時には、悪だくみや暴行の限りをつくし、さらに恐怖すべき復讐がそれに続いた。……このようにして政治的騒乱はギリシア人の一切の悪徳を次第につくり出していった。数ある高尚な天性の中でも大きな要素の一つである、質朴というものは、一笑に付されて消え失せた。醜く卑しい反目、争い、戦闘の心はいたるところで盛んに燃え広がり、彼らを和解させるに充分な一つのことばもなく、彼らを信奉させるに充分な一つの宣誓もなかった。……卑劣な才知が一般にもっとも成功した。

ああ、これが古代の最大の文明国であり、市民が一人残らず軍隊の教練を受けた国であり、軍国主義者が賛美する、戦争が人間の内に養成した性質がもたらしたありさまではないのか。わが日本の軍国主義者も、日清戦争後の社会と人心の状態が、いくらかこの古代ギリシアの状態に似ているのを見て、きっと満足を覚えるのではないかな。

ローマに見よ

歴史をくだって軍国主義がローマに引き起こした状況を見てみるがいい。軍国主義者が勇ましく戦い、奮闘して、イタリア諸州の自由を奪った結果として、ローマ市民にどんな品性を養い得ただろうか。どんな美徳を養成し得ただろうか。国内は結局、惨憺《さんたん》たる殺しあいの場となってしまった。マリウス[42]があらわれ、スラ[43]があらわれた。民主共和の国は貴族専制の国に変わり、自主独立の市民は無知にしてうごめく奴隷と

42　古代ローマの政治家、将軍（前一五七頃〜前八六）。従来ローマでは一定基準以上の財産をもつ中小農民が軍隊の基幹をなしていたが、マリウスは財産制限にとらわれず、財産をもたない労働者・市民の志願兵を採用した。

なってしまったのではなかっただろうか。

ドレフュスの大疑獄《だいぎごく》

近年、世界の注目をひいたフランスのドレフュス事件[44]は、軍政がいかに社会や人心を腐敗させるかを顕著に示した例である。

見よ、この裁判の曖昧《あいまい》さ、処分の乱暴さ、その間に起こった根拠のない噂の、奇怪にして醜悪なことを。世の人はほとんどだれもが、フランスの陸軍内部はただ悪人とバカ者だけに充《み》ち満《み》ちているのではないかと、疑いをもつほどだった。不思議に思うことではないのだ。軍隊の組織は、悪人にその狂暴さを思う存分に発揮させることが、他の社会よりも容易だからであり、また、正しい行いをする人をバカ者扱いにしてしまう弊害が、他の社会に比べて、さらにいっそう大きいからである。なぜそうなるのかといえば、陸軍部内は圧政の世界だからである。権威の世界であり、階級の世界であり、服従の世界だからである。道理や徳義がこの門内に入ることは許されないからである。

考えてみると、司法権の独立が完全でない東洋諸国を除いて、このような横暴な裁判、でたらめな判決は、陸軍部内と軍法会議でなければ、決して見ることができないものだ。それはそうだろう。こんなことは普通、かりそめにも裁判所ならば決してしないことであり、かりそめにも民法や刑法では許さないことだからだ。

ゾラ決然として起つ

何万もの勇猛な兵士のうち、だれ一人として自ら進んでドレフュスのために、冤罪《えんざい》であると言い立てて、再審をうながすものはなかった。誰もが言うのだった。「たとえ罪のない一人の人間を殺すことになるとしても、陸軍の醜悪さをおおい隠すべきだ」と。そのとき、エミール・ゾラが勢いよく起ちあがった。彼の火のような、花の

43　古代ローマの政治家、将軍（前一三八～前七八）。前一〇七年から前一〇五年までマリウスの部下として従軍、敵王を捕らえるのに功があった。

44　十九世紀末から二十世紀はじめにかけて、フランス世論を二分した冤罪《えんざい》事件。一八九四年ユダヤ系の陸軍大尉ドレフュス（一八五九～一九三五）がドイツのスパイの嫌疑で終身刑に処せられたが、一八九八年以来ゾラなどの知識人が人権擁護のため当局を弾劾《だんがい》し、軍部や右翼がこれに反論。のち真犯人が明らかになって、ドレフュスは一九〇六年無罪。

ような堂々たる言説は、したたる熱血をフランス国民四千万人の頭上にまっすぐそそぐことになった。

堂々たる軍人と市井《しせい》の一文士

当時、もしゾラが沈黙したままだったなら、フランスの軍人はついに一語も発することなく、ドレフュスの再審は永遠に行われ得なかったにちがいない。彼らには恥もなく、義憤《ぎふん》もなく、勇気もなく、まったく市井の一文士に及ばなかったのだ。この一件からみても、かの軍人養成のための教練なるものには、毛すじ一本ほどの価値もあるのかどうか。

孟子はいう。「みずから省《かえり》みてやましいことがなければ、たとえ千万人の反対者があったとしてもわが道を進もう」〔『孟子』公孫丑章句上《こうそんちゅうしょうくじょう》〕と。この意気と精神が、ただひとり文士のゾラにあって、堂々たる軍人にないのは、なぜだろうか。

こういう人もある。「目上の者に反抗することは、軍人がしてはならない事であり、またできない事でもある。だからドレフュス事件の際に、目上の者に対してフランス軍人が反発などせずに、言われるがままになっていたという事実だけでは、彼らが道徳心に欠けている証拠とするには不十分である」と。はたしてそうだろうか。それならもっとはっきりした例を見てみよう。

キッチナー将軍[45]

いまトランスヴァールに転戦しているキッチナー将軍は、イギリスの軍国主義者、帝国主義者が神のような存在として崇拝している人ではないか。ところがどうだ。見るがいい。彼はかつてスーダンを征服し、マフディー[46]の墳墓《ふんぼ》を掘りかえして満足した、その人ではないか。『史記』〔伍子胥《ごししょ》列伝の故事〕にあるように、伍子胥《ごししょ》[47]が父の仇を討つために平王の墓を掘りかえして、その屍《しかばね》にムチ打ったのは、二千年以上も昔のこ

45　イギリスの軍人（一八五〇～一九一六）。スーダン征服戦争を指揮、土着のマフディー派国家を亡ぼす。その他、各地で植民地獲得戦争を指揮。大規模かつ組織的で冷酷な近代戦を得意とし、一八八〇年代後半から第一次世界大戦期のイギリス帝国主義の象徴となった人物。

46　「神により導かれた者」の意。イスラムにおいて、この世に最後に現れて理想の社会を実現する救世主。マフディーを名のる人物は史上しばしば現れた。ここでは、スーダンでの反エジプト・反英運動を起こしたムハンマド=アフマド（一八四四～八五）のこと。

47　春秋時代の楚の人。

とだが、その時代においてすでに、識者からは、屍にムチ打つことは唾棄《だき》すべき行為とされていたものだ。ましてこの十九世紀末の文明時代において、公然と大英帝国の国旗の下に、現地人が聖者と呼び、救世主と称する偉人の墳墓を掘りかえすのだ。こんな行為は、マハン大佐のいう克己、忍耐、勇気を養成した軍人にして、初めて耐えられることなのだろう。世間の人すべてを軍国教の信徒にして、マフディーの墳墓を掘りかえす精神を理想として、一国の政治をこの残忍な手に委ねてしまうとすれば、こんなに恐ろしいことがあるだろうか。

ロシア軍の暴虐《ぼうぎゃく》

最近の北清［中国］におけるロシア軍の暴虐さといったら、どうだろう。通州《つうしゅう》[48]の一地方だけでも、ロシア軍の暴行に脅《おび》えて、川に飛び込んで死んだ婦女子は七百人余りである。ただこの一事だけでも、むごたらしく、いたましく、それを見聞《みき》きする人に怒りを覚えさせないだろうか。軍国主義者がいうように、軍人となるための教練と戦争の準備とが、よく人格を高め、道義を養成するのだとしたら、あの十三、四世紀以来、戦闘のために生まれ、戦闘のために死んでいったコサック[49]は、人格が高く、道義に満ちた行為をするのが道理である。ところが事実は正反対だ。一体どうしたわけなのか。

トルコの政治

もし軍国主義がほんとうに国民の知恵と道徳をたすけ育てて、その国民の地位を押し上げる効用があるとすれば、トルコは今ごろヨーロッパ第一の高い地位にいなければならないはずだ。

トルコ［ここではオスマン帝国（一二九九－一九二二）のことを指す］の政治は軍国の政治である。トルコの予算は軍備のための予算である。武力の点から見れば、トルコは決して弱国ではない。その覇権《はけん》は十九世紀においては全く地に堕ちたけれども、しかしナヴァリノ[50]で善戦し、クリミア[51]で善戦し、プレヴネ[52]で善戦し、テッサリア[53]で善戦

48　中国北京市東部の衛星都市。
49　南ロシア、ウクライナ、シベリアなどで活躍した騎馬に巧みな戦士集団。
50　オスマン帝国からのギリシア独立を求めるギリシア解放戦争（一八二一～二九）の際の海戦（一八二七）。ロンドン議定書（一八三〇）によってギリシアの独立が国際的に承認された。

した。トルコは決して弱国ではない。

しかし、これはトルコの誇りとするところだろうか、誇りとするに足るものだろうか。その腐敗、狂暴、貧困、無知、およそすべての文明なるものの水準において、ヨーロッパ中で最下位にあるのは、疑いもなくこのトルコではないか。その国家の運命は、いまにもプツンと切れそうな糸のようであり、ニコライ一世[54]が「病人《シックマン》」として扱っていたのは、まさにこのトルコではないか。

ドイツはもはや道徳の源泉ではない

ドイツの国民は一般的にいって、やはり高等教育を受けた国民であるといえる。多くの文芸や科学は、この世界にまだ輝くばかりに存在している。しかし、鉄血主義と軍国主義がドイツのお上も下々《しもじも》も覆《おお》い尽くしてしまった後では、往年の高邁《こうまい》な倫理的思想は今やどこにあるだろうか。

ドイツ国民はかつてヨーロッパにおける一時代の道徳の源泉だった。カント、シラー、ヘルダー[55]、ゲーテ、リヒター[56]、フィヒテ、ブルンチュリー[57]、マルクス、ラサール[58]、ワグナー、ハイネなどの名前は、文明諸国が仰ぎみて手本として尊ぶものであり、その感化力はほんとうに計《はか》り知れないものがあった。しかし今のドイツのどこにそんな感化力があるだろうか。今われわれは、多くの芸術、多くの科学をドイツに学んで

51　クリミア戦争（一八五三〜五六）。バルカン半島・中東への進出を狙うロシアとそれを防ごうとするオスマン帝国との対立が火種となり、一八五三年に開戦、翌年ロシアとの対抗上、トルコに荷担したイギリス・フランス・サルデーニャがクリミア半島に出兵、セヴァストーポリ要塞を陥落させた戦争。ロシアが敗退。一八五六年パリで講和条約を締結、帝政ロシアの南下政策は挫折。

52　露土《ろと》戦争（一八七七〜七八）でロシア軍が破ったトルコ軍の要塞。この戦争でトルコは敗れ、バルカンの領土の大半を失い、逆にロシアはバルカンにおける影響力を著しく高めた。

53　ギリシア・トルコ戦争（一八九七）の戦場となったギリシアの地名。

54　ロシア皇帝（一七九六〜一八五五）。徹底的な専制政治を敢行し、南下政策を推進することで中近東とバルカン半島におけるロシアの影響力拡大を目指した。クリミア戦争（注51参照）は、その結果である。戦況不利のなか、急死した。

55　ドイツの思想家、文学者（一七四四〜一八〇三）。

56　ドイツの作家（一七六三〜一八二五）。

57　ドイツの法学・政治学者、政治家（一八〇八〜八一）。

58　ドイツの労働運動指導者、社会主義者（一八二五〜六四）。

いる。しかし哲学について、倫理について、正義と人道の大問題について、そのどれか一つでも、今のドイツの学問から大いに学ぼうとする者があるだろうか。一つでも、今のドイツ人から何か教示を得たいと切望する者があるだろうか。社会主義という理想が時代の激流の中にあってもなお、少しも流されず動くことがないということを除けば、ヨーロッパ諸国が仰ぎみるような、信奉するに足るようなものが、今のドイツにあるか。

すぐれた賢人はイバラの生えた土地には住まない

不思議に思うことはないのだ。すぐれた賢人はイバラの生えた土地には住まないからである。ビスマルク公（53頁注17参照）、モルトケ将軍（83頁注1参照）を理想とする世界においては、ゲーテ、シラーの再生を望むのは易《やさ》しいことではない。あわれむべき軍国主義者よ、おまえはヴィルヘルム二世、ビューロー[59]、ヴァルデルゼー[60]の力によって、どれほどに文明を進歩させることができるというのか。

ドイツ皇帝と不敬罪

だから、わたしは言う。「軍国政治が一日行われれば、国民の道徳は一日腐敗する。暴力が一日行われれば、理論が一日絶滅する。ドイツがビスマルク公のドイツとなって以後、ヨーロッパにおける倫理的な勢力《インフルエンス》を失ったのは自然の道理である。現在のヴィルヘルム二世が即位した後の十年間に、不敬罪で罰せられた者は何千人にものぼったことを知らないのか。しかも罪人の中に多くの未成年者があったのを知らないのか。これは忠義の心にあつい善良なわが日本臣民が夢にも思わないことだろう。軍国主義者はそれでもなお、こんな政治を望むのか。軍国政治を名誉とするのか」と。

59　ドイツの政治家、外交官（一八四九～一九二九）。一九〇〇年、ドイツ帝国宰相に就任。対外的には活発な「世界政策」を展開、また大海軍の建設を推進した。

60　ドイツの軍人（一八三二～一九〇四）。モルトケの後任として陸軍参謀総長となる。ヴィルヘルム二世に対して影響力をもった。

その五

決闘と戦争

軍国主義者はあらためて戦争を賛美していう。「国家の歴史は戦争の歴史である。個人間のいざこざが決闘《デューエル》によって最終的な判定をくだされるように、国家間のごたごたに最終的な判定をくだすのは戦争である。地球上に国家ごとの境界が存在している限り、戦争はやむを得ない。戦争がある限り、軍備の必要はやむを得ない。それに戦争は、実際のところ、われわれの健康で強い力、がまん強い心、ものに屈しない性質を相手と比べ合い、ほんとうにすぐれた男の意気と精神をふるい起こす手段である。もし戦争がなければ、天下は臆病な女のものになってしまうだろう」と。そんなことがあるのだろうか。

わたしはここで、個人間における決闘の是非や利害をあれこれ言う余裕はない。しかし戦争を決闘と比べるのは、不道徳きわまることであると断言する。西洋の「決闘《デューエル》」や、日本の「果合《はたしあ》い」の目的は、一人の名誉にかかわり、一人の面目にかかわるにすぎない。その力くらべは、きわめて平等な立場にたって、きわめて公正な闘いとして行われる。そして一人が傷つくか、死ぬかした場合には、それにて終了となって、他日に心のわだかまりを残すことは少しもない。これこそほんとうに、強く勇ましい男子のための行為であるといえる。ところが戦争は、全くこれに反する。その目的の卑しさ、手段の汚さといったら、限度がない。

昔の日本の「名のり」をあげて、一騎打ちの勝負をする戦争は、いくらか決闘に似たところがある。しかしこんなやり方は、現代の戦争ではもっとも迂闊《うかつ》なものとして、嘲笑《ちょうしょう》されるところではないか。戦争には、ただずる賢さだけが必要であり、ただ他人を騙《だま》すたくらみだけが必要である。戦争をする敵と味方の平等な立場とか、戦争のやり方の公正を重んずるなどというのは、「宋襄《そうじょう》の仁《じん》」〔『春秋左氏伝』〕すなわち無用の情《なさ》けであって、永遠のお笑い種《ぐさ》ではないか。

悪知恵《わるぢえ》を比べる技術

そうだ、戦争はただ悪知恵を比べる技術である。戦争の技術が発達するということは、悪知恵が発達するということだ。未開人が悪知恵を弄《ろう》するのは、たいてい敵の不意を突くためだ。伏兵《ふくへい》だったり、夜襲《やしゅう》だったり、敵が食糧を得るための手段を絶ったり、落とし穴を掘ったりという行為もそのためだった。そして、その悪知恵の劣る者は、身を滅ぼされ、財産を奪われ、土地を奪われ、悪知恵に長《た》けた者や秀《ひい》でた者、つまりずる賢くて悪だくみに長ずる者が、ひとり生き残るのだ。そうなると、普通の知恵やたくらみでは役に立たず、さらにいくつもの戦術や軍事訓練が必要になってくる。そしてこれらの戦術や軍事訓練もまた、あまり役に立たないものになってしまうと、さらに大々的に武器の技巧を競い合うようになる。これが古来、戦争の技術が発達し進歩してきた、おおよその順序である。

戦争発達の歩み

戦争発達の歩みはただ、いかにして敵を罠《わな》に陥《おとしい》れるかの方法を考える歩みである。その目的がいかに卑しく、その方法がいかに汚くても、あえて問うところではなかった。どうしてこんなことが個人の決闘と同日の談であり得ようか。どうしてこんなことが男子の美徳である強壮《きょうそう》、堅忍《けんにん》、剛毅《ごうき》と比較できるといえようか。個人の決闘と戦争とが比較できないのは、当然なのである。個人の決闘は、勝ち負けが最終的な判決となるが、戦争にいたっては、つねに復讐《ふくしゅう》につぐ復讐という惨事を引きおこすからだ。

つまるところ、戦争は陰謀であり、詐欺であり、策略にとんだ弱々しい行動であり、敵・味方の間での化《ば》かし合い的な知恵の駆け引きであり、公明正大な争いではないのだ。社会が戦争を痛快なものとして重んじ、必要としている間は、人類の道義は、結局のところ、策略にとんだ弱々しい、敵・味方の間での化《ば》かし合い的なものから抜けだすことはできないのである。

愛らしい田舎の青年

そして今や、世界各国の国民は、この卑劣な犯罪を行うために、多くの若者を無理やりに兵営という地獄にたたき込んで、野獣のような気質を養成しようとしているのだ。

見るがいい。愛らしい田舎の青年が、泣いて父母、兄弟、姉妹と別れ、泣いて牛、馬、ニワトリ、犬と別れ、泣いて美しい山と川、のどかな田園に別れを告げて、兵舎に入る。朝に晩に、彼らが耳にするものは長官の厳格な叱り声であり、目にするものは古参兵の残忍で容赦ない顔色である。彼らは重いものをかついで東に走らされ、西に追われ、疲れをこらえて左に走り、右に走る。ただこんなことばかりの三年間だ。いやはや単調なこと。苦痛なこと！

餓鬼道《がきどう》の苦しみ

そんな彼らの日給はわずかに三銭[61]、これはほとんど物乞《ものご》いの境遇ではないか。それでもタバコは吸いたいし、（故郷の両親に送る手紙などの）郵送費は払わないわけにはいかない。ひどい場合には、古参兵の虐待を免れたいがために、いつも古参兵の酒食代まで払わなければならず、彼らに小遣い銭まで出さなければならないという有り様《さま》だ。しかし、それができる金持ちはまだいい方だ。貧乏人にとって三年という長い期間は、まったく餓鬼道《がきどう》の苦しみ、地獄の獄卒《ごくそつ》である牛頭馬頭《ごずめず》から受ける厳しい責め苦である。しかも金持ちは、高等教育があるという理由で徴兵を免除され、身体のか弱さを理由に徴兵を免除されるのだ。貧民の子は、つねにこのむごたらしい扱いと苦痛に耐えなければならない。これが公平といえるのか。わたしは貧民の子が徴兵検査をいやがって避け、兵舎から脱走し、自暴自棄《じぼうじき》の果てに、往々にして恥ずべき死にかたをするのを憎まない。むしろその心中を察して、実にあわれむべきものと考えるのだ。

さて、こんな三年を過ごした後でうちに帰ってみると、残っているのは何か。ただ、老衰した父母だけだ。荒廃した田園だけだ。自分自身の堕落した品行だけなのだ。これでもまだ、徴兵と軍人養成の教育は国家のために必要だというのか。義務だといえるのか。

軍備を誇るのをやめよ

軍備を誇ることをやめよ。徴兵制を崇拝することをやめよ。わたしは、兵営が多くの無法者《むほうもの》をつくり出すのを見た。多くの生産力を無意味に使い果たしてしまうのを見た。多くの有為の青年を絶望のふちに沈めるのを見た。兵営の置かれた地方の生活習慣や風紀は、その多くが乱され破壊されるのを見た。軍隊が行進する沿道に住む善良な国民が、いつも彼ら軍人に苦しめられるのを見た。しかし、まだ一度も軍備と徴兵が国民のために一粒の米も、一片の金さえも産み出すのを見たことはない。まして科学を、文学を、宗教道徳の高邁な理想を、産み出すのを見たことはない。いや、単に

61 現在の金額にして、およそ三百円ほどか。145頁注8参照。

これらを産み出さないばかりではない。軍備と徴兵は、むしろこれらを破壊し尽くそうとしているのではないだろうか。

その六

なぜこんなにも長い間、戦い合うのか

ああ、世界各国の政治家や国民は、なぜこんなにも多数の軍人、兵器、戦艦を所有して、長い間、互いに戦おうとするのか。なぜすみやかに、互いに野狐《のぎつね》のようにだまし合い、狂犬のように同類あい食《は》むという状態から抜けだして、もっと高邁な文明と道徳の状態に進もうと努力しないのか。

彼らは戦争が罪悪であり、そのうえ害毒であることを知っており、できる限り戦争を避けたいと願わないものはいない。彼らは平和と博愛が正義であり、同時にそれらが幸福と利益であることを知っており、できる限りすみやかにこれを実現したいと望まないものはいない。にもかかわらず、なぜ断固として戦争に対する準備を廃し、そうすることによって平和と博愛の福利を享受しようとしないのか。

彼らは安い費用で、しかも多く豊かに生産することを願う。通商・貿易が繁栄し、盛んになることを願う。しかも、彼らは軍事費負担が資本の莫大な浪費であり、生産力の損失であることを知っている。戦争が通商・貿易を大いにさまたげ、大いに疲弊《ひへい》させることを知っている。それなのに、なぜ今すぐに、軍事費を節約し、戦争で浪費する人々の力を無駄にせず、それを商工業のために投入しないのか。

平和会議の決議

以下の事実を見てもらいたい。一昨年［一八九九年］、ロシア皇帝［ニコライ二世］が軍備制限の会議［第一回ハーグ平和会議］を主唱すると、諸国はそれに対して一つの異論も出すことができず、英・米・独・仏・露・オーストリア・ベルギー・イタリア・トルコ・日本・清など二十余国の全権委員は、はっきりと『現在の世界において、重い足枷《あしかせ》となっている軍備の負担を制限することによって、人類の有形および無形の福利を増進しようとすることは、大変に望ましいものであることと認める』（平和会議最終決議書）と決議したのではなかっただろうか。そして二十余国の全権委員は、『世界の平和を維持するために協力することを切実に希望し、全力をつくして国際紛争を平和的に処理するのを援助することに決め……国際的正義の感覚を強固なものとすることを望み、……国家の安定、国民の福祉の基礎である公平、正義、道理の原則を国際的協商によって確立することが必須であることを認め』(国際紛争平和的処理条約)ることによって、国際紛争の仲裁裁判にかんする規定を定めたのではなかったか。それなのに、なぜ彼らはさらにこの意志と考え方を推しすすめて、きっぱりと水・陸の軍備を撤廃しようとはしないのか。

ほんの一歩

こんなふうに言ってもダメだ。「今ある軍備は、つまり平和を確保するためのものなのだ」と。なぜダメかといえば、手柄を立てることに熱心で、虚栄心の旺盛な政治家や軍人は、たいてい銃を無意味にさび付かせ、戦艦を無意味に朽《く》ち果てさせることに耐えられず、必ずある日、機会をみて銃や軍艦の威力を実地に試してみようと願うものだからである。まるで酔っぱらいが剣を持って、あたりをにらみつけて威張るようなものだ。なんとも危ういことだ。平和の確保から平和の攪乱《かくらん》へ、と変わるのは、ほんの一歩でしかない。そうなのだ。なるほど自国と敵国とがともに軍備をもち、その力が互角であるヨーロッパ諸国の間では、「勢力均衡主義」の名において、彼らは、しばらくの間は平和な状態を保つこともあろう。しかし人口が少なく、力の弱いアジアやアフリカのような国々に出くわせば、彼らはたちまち変わって、「帝国主義」の名において平和の攪乱者となる。現在の清国や南アフリカを見ればわかるだろう。要するにヨーロッパ諸国は武装にあくせくして、かろうじて消極的に平和を持ちこたえているにすぎない。そんな状態を、なぜ軍備を撤廃して積極的に平和を享受することよりもましだといえるのだろうか。

それにもかかわらず、ヨーロッパ諸国は、なおも軍備を撤廃することができないだけでなく、むしろ苦労に苦労をかさねて、軍備拡張のために国力を使い果たして省みない。なぜだろうか。それはほかでもない、彼らの良心が功名心と利欲で覆《おお》い隠されているからだ。彼らの正義と道徳の念が、動物的な本能である好戦的な心に圧倒されているからだ。博愛の心が、無意味な誇りのために消え失せてしまっているからだ。理性と道義が、迷信のために見えなくなってしまっているからだ。

猛獣と毒蛇の住む地域

ああ、個人はすでに武装を解いて、ひとり国家だけは武装を解くことができない。個人はすでに暴力の決闘を禁じて、ひとり国家だけは暴力の決闘を禁じることができない。二十世紀の文明は、いまだに弱肉強食の状態を抜けだせない。世界各国の国民は、あたかも猛獣と毒蛇の住む地域にいるようなもので、一日も安心して眠ることができない。これは恥辱《ちじょく》ではないだろうか。苦痛ではないだろうか。社会の先覚者がこれをボンヤリ見過ごしていいのだろうか。

第四章　帝国主義を論ずる

その一

野獣が肉を求める

野獣が牙《きば》をとぎ、爪《つめ》をみがいて吠えるのは、エサの肉を求めるからである。野獣の本能から抜け出ることのできない愛国者が、兵力を養い、軍備を拡張するのは、ただひたすら「敵国」や「敵」を憎悪し征服することが、無上の名誉であり栄光であるとする迷信や、中身のない誇り、いくさ好きの心を満足させるために、その犠牲を求めるからである。だから愛国心と軍国主義の熱狂がその頂点に達するとき、領土拡張政策が全盛を極めることになるのは、もちろん怪しむには足りない。現在の「帝国主義」政策の流行はつまり、ただそれだけのことだ。

領土の拡張

そうだ、「帝国主義」とは、すなわち大帝国《グレーターエンパイア》の建設を意味する。大帝国の建設は、そのまま自国の領土の大いなる拡張を意味する。わたしは悲しむ。自国の領土を大々的に拡張することは、多くの不正を犯すことを意味し、道理にそむくことを意味するのだから。また、多くの腐敗と堕落を、そして結局は、落ちぶれて滅亡することを意味するのだから。わたしは何を根拠にこう言うのか。以下に説明しよう。

さてその大帝国の建設だが、それが主人もなく住人もいない、草むらや荒れ果てた山野を開拓してそこに移り住むだけ、というのならば、大いによろしい。しかし、知識と技術は日々精巧《せいこう》になり、交通は日々便利になって、今や地球上のどこに、主人もなく住人もいない土地を発見できるだろうか。世界中のどんな土地にも、すでに主人があり、住人があるとすれば、大帝国を建設しようとする人たちは、果たして暴力を用いず、戦争もせず、または嘘偽《うそいつわ》りを言わずに、うまい具合に、わずかばかりの土地を自分のものにできるだろうか。ヨーロッパ諸国がアジア、アフリカにおいて行い、米国が南米において行う領土拡張政策は、みな軍国主義によって行われているではないか。武力によって行われているではないか。

しかもヨーロッパ諸国も米国も、みんなこの政策のために、一日に千金を費やし、一月《ひとつき》に数百の人命を失い、丸一年経《た》っても、いつになったら終局を迎えるのかわからず、ヘトヘトになりながら、永遠に、激しく自らを苦しめ続けている。これはたしかに彼らが、自らのうちにわき上がる動物的な愛国心を抑制できないからではないか。

大帝国の建設は「切取強盗《きりとりごうとう》」だ

こんなことを想像してみるといい。ただ軍事力を見せつけるために、ただ私欲を満たすために、自分のやりたい放題に他国の土地を侵略し、他者の財産を奪い取り、他国の人民を殺戮《さつりく》し、または奴隷としながら、しかも意気揚々《ようよう》としていう。「これは大帝国の建設である」――それならば、つまり大帝国の建設は、人を切って物を奪い取る「切取強盗」のふるまいそのものではないか。

武力によって成る帝国の興亡

「切取強盗は武士の習わしである」と考えている、道義にそむき不正をはたらく帝国主義に仕える政治家たちは、「切取強盗」のような行為をして愉快に感じている。前世紀以前の「英雄豪傑」の事業は、多くはこういうものだった。しかしよく考えてほしい。天は決してこの不正、道義にそむく行為を許さないのだ。古来、英雄豪傑が武力を用いて領土を拡大し、その結果、成立した帝国で、有終の美を飾ったものがあっただろうか。帝国主義に仕える彼らのような政治家は、初めは功名心と利益のために、または国内の統一と安寧《あんねい》を維持するために、しきりに国民の獣性をあおり立てて、外国といくさをし、勝って領土を拡張し、大帝国がいったんは建設されるのである。すると国民は虚栄に目がくらみ、軍人は権勢におぼれてしまう。新しく領土となった土地に住む人民は、圧制に苦しめられ、むごたらしく扱われ、租税が重くのしかかり、財貨は奪われる。次にくるのは領土の荒廃、困窮、不平、反乱であり、本国のぜいたく、腐敗、堕落である。そうしてその国家は、さらに他の新しく興《おこ》った帝国に征服されるに至る。古来の武力によって成る帝国の興亡は、ほとんどみな、このような過程をたどっている。

昔、スキピオ[1]はカルタゴの廃墟を見て、嘆《なげ》いて言った。「ローマもいつかこんなふうになるだろう」。たしかにその通りで、その後ローマも廃墟になった。チンギス・ハーンの帝国は、今どこにあるか。ナポレオンの帝国は、神功《じんぐう》[2]の属領は、豊臣秀吉の雄大な計画は、今どこにあるか。ちょうど朝露《あさつゆ》が消えて跡形もないのと同じではないのか。「キリスト教国の帝国は、決して滅亡することはない」と言うことはできない。ローマ帝国の末期はキリスト教化されなかったか。「奴隷解放以後の帝国は、決して衰退することはない」と言うことはできない。スペイン大帝国は、本土では奴隷制を廃止していたにもかかわらず、衰退したではないか。「工業化の進んだ帝国は、決して零落することはない」と言うことはできない。ムーア人[3]とフィレンツェ人は非常に工業化の進んだ国家の人民ではなかったか。

1　共和政末期ローマの政治家、将軍（前一八五か一八四〜前一二九）。第三次ポエニ戦争で活躍し、前一四六年カルタゴを滅ぼす。小スキピオとも。
2　仲哀《ちゅうあい》天皇の皇后。新羅《しらぎ》に遠征し服属させ、高句麗・百済《くだら》も従ったとされる伝説がある。
3　ヨーロッパ人が北西アフリカのイスラム教徒を指す呼称。建築、工芸、詩文学などの諸分野で活躍。

国家の繁栄は、決して切取強盗によって得ることはできない。国民の偉大さは、決して略奪と侵略によって得ることはできない。文明の進歩は、一人の帝王の専制によってできることではなく、社会の福利は、一つの国旗の統一によってできることではない。文明の進歩、社会の福利は、ただ平和であることにあり、ただ自由であることにあり、博愛であることにあり、平等であることにあるのだ。考えてほしい。わが国における北条氏統治下の人民のほうが、フビライの兵士たちに比べて、どれほどその生命をまっとうできたことか。現在のベルギーの人民のほうが、独露両国に比べて、どれほどその太平の世を楽しんでいることか。[4]

零落《ルーイン》は国旗のあとに続く

誰かが、『貿易《トレード》は国旗［戦争の勝利］のあとに続く』という。だが、歴史はあきらかに、「零落《ルーイン》が国旗のあとに続く」ことを示している。しかもその歴史があきらかに示す過去の失敗と同じ道筋に、後から来た人々も進んでしまう。まるで走馬灯《そうまとう》がグルグル回って、同じ失敗をくり返して永久に止まらないかのようだ。わたしは、現在の欧米諸国の末路がまたしてもスキピオを嘆かせるのではないかと恐れるのである。

その二

国民の発展・増大なのか

帝国主義者はいう。「古代の大帝国建設は、帝王の統治を望む政治家の功名心や私欲のために行われた。たしかにその通りだ。しかし今日の領土拡張は、国民の発展・増大によるやむを得ないものである。古い帝国主義は、個人的《パーソナル》な帝国主義だった。今の帝国主義は、名づけて国民的《ナショナル》な帝国主義と称すべきものだ。昔の不正義と害悪という観点によって、今の帝国主義を判断してはならない」と。

本当にそうなのか。今の帝国主義は国民の発展・増大によるものだろうか。少数の

4 ベルギーは列強の争奪の的となって戦禍に苦しめられてきた。十九世紀に入り、オランダに編入されたが（ネーデルラント王国成立、一八一五）、フランス七月革命（一八三〇）に触発されて、ベルギー各地で独立運動が活発化した。同年のロンドン会議で、ベルギーは独立を認められ、永世中立を保障された。独立後、一八四〇年頃には、ヨーロッパ大陸で最初に産業革命を終え、安定した資本主義国家が築かれた。

政治家と軍人の功名心の増大ではないのか。少数の資本家、少数の投機を好む者の、カネに目のくらんだ欲望の増大ではないのか。見るがいい。彼らのいう『国民の発展・増大』した結果はどんな状態なのか。当の国民の多数は生活そのものが戦闘《ストラグル》であり、その戦闘は日々ますます厳しさを増しているではないか。貧富の格差はますます大きくなり、貧窮《ひんきゅう》と飢餓と無政府党《アナーキスト》、そして諸々の犯罪は、ますます増加しつつあるではないか。こんなあり様《さま》なのに、どうして多数の国民には無限に発展し増大するゆとりがある、などといえるのか。

少数の軍人・政治家・資本家

しかもそれだけではない。少数の軍人、政治家、資本家は、あわれむべき多数の国民の日々の生活を妨害し、その財貨を浪費し、その生命さえも奪うことによって、大帝国の建設を試みつつあるのだ。彼らは自国の多数の国民の進歩、幸福、利益を犠牲にし、さらにあの貧弱なアジア人、アフリカ人そしてフィリピン人を脅《おびや》かし、辱《はずかし》め、いじめつつあるのだ。にもかかわらず、これを名づけて「国民の発展・増大」という。デタラメにもほどがあるというべきだ。かりに国民の多数が、この帝国主義という政策に賛成するとしても、どうしてこれが真の発展・増大であろうか。それはただ、多くの国民がその野獣のような戦争好きの心を巧みに煽《あお》りたてられているからにすぎない。愛国という、実質をともなわない栄誉と迷信と熱狂とが、一時的に爆発したにすぎない。これをみれば、今日の帝国主義の不正義と害毒は、決して古代の帝王の帝国主義にも劣らないことがわかるのだ。

トランスヴァールの征服

イギリスがトランスヴァールを征服したのは、ボーア人[5]の独立を奪い、自由を奪い、カネになる金鉱を奪い、イギリス国旗の下にアフリカを統一して、鉄道を南北に走らせて、少数の資本家、工場経営者、投機を好む者の利欲を満足させるためだった。セシル・ローズ[6]の野心とチェンバレン[7]の功名心とを満足させるためだった。

5　ブーア人、ブール人とも。南アフリカでアフリカーンス語を話すオランダ系の白人住民。現在はアフリカーナーまたはアフリカンダーと呼ばれている。27頁注1、29頁注2参照。

6　イギリス植民地の政治家（一八五三〜一九〇二）。南アフリカのダイヤモンド・金の採掘を独占して巨富を築く。ケープ植民地首相となり、南アフリカを征服。

驚くべき犠牲

こうして彼らは無益な目的のために、どんなに恐るべき、驚くべき犠牲を払おうとしつつあることか。それを知るべきだ。

すなわち、一八九九年十月のトランスヴァール戦争［第二次ボーア戦争］の開始以来、わたしがこの原稿を書くに至るまでのほとんど五百日の間、イギリス兵の死者はすでに一万三千人に達し、負傷者はさらにそれ以上の数にのぼる。そのほかに重傷を負って兵役を免ぜられて家に帰った者は三万人、現地人の死者にいたっては、その数を知らないというではないか。

数万人の鮮血の値段は十億円[8]

さらにイギリス人の財政的犠牲を知るべきである。すなわち、二十万の兵士をイギリス本国から八千キロメートルも離れた外地で危険な状態にさらすために、また多数の船舶の往復のために、一日の費用はじつに二百万円にのぼる。イギリス政府はすでに十億円の富を両国民の鮮血に代えたことになるのではないか。しかもこの間、金鉱採掘の停止は、ほとんど二億円の金の産出の減少をまねいたというではないか。たんに両国の不幸ばかりでなく、世界の幸福と利益にとっての影響もまた、少なくないだろう。

トランスヴァールの住民の惨状にいたっては、特にあわれむべきものがある。彼らはイギリスの捕虜となって、すでにセントヘレナ島に追放された者が六千人、セイロン島に流された者が二千四百人、いまやキッチナー将軍（117頁注45参照）はさらに一万二千人をインドへ送ろうとしている。こうして両共和国[9]の成年男子はほとんど消え失せ、田園はまったく荒廃し、兵馬の通った野原に青々とした草はないという。ああ、彼らに果たしてどんな罪があり、どんな責任があるというのか。

7　イギリスの政治家（一八三六〜一九一四）。南ア戦争に深く関与。
8　ここに出てくる金額をおよそ一万倍した数字が、現代の金額だとみていいだろう。すなわち、十億円ならば十兆円（以下同様）である（週刊朝日編『値段の明治、大正、昭和　風俗史』上、朝日文庫、一九八七年、参照）。
9　トランスヴァール共和国とオレンジ自由国のこと。オレンジ自由国は、一八五四年、ボーア人が現在の南アフリカ共和国内に建てた国。第二次ボーア戦争で、トランスヴァール共和国と軍事同盟を結んでイギリス軍と戦ったが、敗れた。27頁注1参照。

こんなあり様《さま》でもなお、今の帝国主義は、道義に反しないし、不正でもないというか。横暴でなく、害毒ではないというのか。それは高尚な道義をもつ国民が受けいれられるものなのだろうか。二十世紀の文明の天地に受けいれられるものなのか。

ドイツの政策

自由を尊び、平和を愛すると称しているイギリスでさえもなお、このあり様だ。だから、かのドイツ国、軍国主義の化身《けしん》であるドイツ国が、陸海の軍備の大拡張のために、つねに多数の貴重な犠牲を出しているのを、わたしは不思議だとは思わないのだ。去年［一九〇〇年］の北清の乱［義和団事件］（69頁注29参照）で、ドイツ皇帝［ヴィルヘルム二世］が復讐を叫んでヴァルデルゼー将軍（123頁注60参照）を東アジアに派遣するに至ったとき、同年九月のドイツ社会民主党大会の決議は、ドイツ帝国主義の真相を、この上なくみごとに喝破《かっぱ》した。

ドイツ社会民主党の決議

すなわち、マインツで開かれたドイツ社会民主党の総会は決議して、次のようにいう。

ドイツ帝国政府がとった中国に対する戦争政策は、資本家の利益に狂奔《きょうほん》する心情と、大帝国建設という軍事的な栄誉心と、略奪的な強欲から出たものであり、この政策は外国の土地を強制的に自分のものとして所有し、そこに住む人民を抑圧することをもって主義とするものである。この主義の結果は何をもたらすか。それは略奪者が暴力を振るい、思う存分に破壊することを許す。略奪者は、暴力と道義にそむく手段によって他国を侵略し、併合する欲望を満たそうとするから、虐待をうけた者は、たえず略奪者に向かって反抗を試みるに至るだろう。それだけではない。海外への略奪政策および征服政策は、必ず世界各国のうらやみ憎しみの感情と競争心とをよびさまし、そのため海陸の軍備の負担は、ドイツ国家の能力を超えてしまうだろう。このような略奪政策、征服政策は、じつに危険な国際的な紛争を引き起こすだろうし、世界全体に大混乱をもたらすにちがいない。

わが社会民主党は、人間が人間を抑圧して絶滅させる主義に反対する。したがって、断固として略奪政策、征服政策に反対する。人民の権利、自由、独立を尊重し保護し、近代文明が真理とする考え方つまり自由・平等・友愛によって、世界各国の文化が交流し、人と物の往来を保持することが、わが党の希望であり意図するところである。今日の世界各国の中産階級および強大な軍事力をもつ者たちが、現実世界に応用している行動原理は、文明に対する大々的な侮辱《ぶじょく》である、云々《うんぬん》。

なんと公正で明快な、そして高尚な言葉だろう。その明快さは、まるで太陽や星とひかり輝くさまを競い合っているようではないか。

この決議にいう通りだ。略奪、征服によって領土の拡張を意図するヨーロッパ諸国の帝国主義は、まったく文明と人道に対する大々的な侮辱なのだ。そしてわたしは、米国の帝国主義にもまた、多くの不正と道義に反する点があることを認めざるを得ない。

米国の帝国主義

米国は最初、スペイン領キューバで起こった独立運動を助けてスペインと戦ったときには、自由のため、人道のために虐政を取り除くと称していた。[10] 本当にその通りなら、道義にかなったすばらしい行為である。そして、もしキューバの人民がその恩に感じ入り、徳を慕って、米国統治下の人民となることを願うなら、米国がこれを併合するのもわるいことではない。そうであればわたしは必ずしも米国があれこれと策を講じて、キューバ島民をあおり立て教唆《きょうさ》した事実を摘発しないだろう。

フィリピンの併呑《へいどん》

しかしフィリピン群島の併呑、征服にいたっては、断じて許すことができない。米国は本当にキューバがスペインから独立と自由を勝ちとる運動のために戦ったのか。それなら、なぜ一方で、あんなに激しくフィリピン人民の自由を束縛するのか。なぜあんなに激しくフィリピンの自主独立を侵害するのか。

10　米西《べいせい》戦争（一八九八）のこと。キューバの反乱とアメリカ軍艦メイン号の爆沈事件とを契機として勃発。この結果、キューバが独立、プエルト・リコ、グアム島、フィリピン諸島をアメリカが獲得した。

独立宣言と建国の憲法をどうするのか

それは他国の人民の意思に反して、武力・暴力をもって押さえつけ、その土地を奪い、富をかすめ取ろうとする行為である。これは文明と自由の光に輝いている米国建国以来の歴史を、じつに甚だしく汚《けが》し、辱《はずかし》めることではないだろうか。そもそもフィリピンの土地と富を併合するのは、もちろん米国のためには多少の利益になるにちがいない。しかし利益になるからといって、そんなことをしてもいいのなら、昔の武士の切取《きりとり》強盗もまた、利益のために許される行為というのか。米国人は、彼らの祖先の独立宣言、建国の憲法、モンロー宣言[11]を北米大陸ではない、どこか別の土地にでも置こうというのか。

米国の危機

「領土の拡張は、国家の生存にとって必要やむをえないことだ」と言うことはできない。というのは、米国が派兵するとき、はじめは自由と人道を強く主張していながら、それがたちまち変わって、国家の生存に必要だという口実になったからだ。なんという急激な変節だろう。

かりに米国人のいうように、領土を拡張しなければ米国の経済生活に危険が生じるとしてみようか。その場合には、たとえ米国がフィリピンを併合しても、手に入る富と利益は知れたもので、米国の危険を救うに足るのだろうか。ただ米国の経済生活が一日延びる程度のものでしかない。そうだ、たとえフィリピンを併合しても、それによって米国が救われることはなく、米国の経済生活が危機的状況に陥るのは、ただ時間の問題にすぎないだろう。米国の土地と人口、それに彼らの資本と企業の勢力は無限だというのに、わざわざ彼らがこんなに悲観的な口実をもうけるのは、取り越し苦労の度が過ぎていて、わたしは笑わずにはいられない。

わたしは信じている。「将来、万が一にも米国に国家存亡の危機があるとすれば、その危機は決して米国領土の狭さによるのではなくて、領土拡張に終わりがないことによる。対外勢力に対抗しないことによるのではなくて、米国社会内部の腐敗・堕落による。市場が少ないからではなくて、富の分配が不公平だからである。自由と平等

11　米国第五代大統領、ジェームズ・モンロー（一七五八〜一八三一）が一八二三年に発表した米国の外交政策の原則。欧米両大陸の相互不干渉を主張。しかしそれは米国がラテン・アメリカに発展することを否定しない。米国がアメリカ大陸を独占する意味合いを含む。23頁注1参照。

の原理が滅び去って、侵略主義と帝国主義の流行やその勢力が盛んになることによるのだ」と。

米国隆盛の原因

米国が今日の隆盛と繁栄を手に入れた理由を、いちどよく考えてもらいたい。一体、次のどちらによることなのか。自由に由来するのか、それとも圧制によるのか。理想と道義か、それとも暴力か。豊かな資本か、それとも強力な軍事力か。虚栄心に満ちた領土拡張か、それとも勤勉な企業経営か。自由主義か、それとも帝国主義か。今や米国人は、一種の功名と利欲のために、愛国的な熱狂のために、競って邪《よこしま》な道に入ろうとしている。わたしは彼らの前途にある危険を恐れるだけでなく、全く自由と正義と人道のために深く悲しむ。

民主党の決議

一昨年の秋、米国アイオワ州の民主党の決議の一節は、大いにわが意を得たものがあった。こんな一節だ。

われわれは、フィリピンの征服に反対する。なぜなら、帝国主義は軍国主義《ミリタリズム》を意味するからである。そして、軍国主義は武断政治《ガバーメント・バイ・フォース》〔government by force〕を意味するからである。要するに、武断政治は合議政治の死を意味し、政治的および産業的な自由の破壊を意味し、権利・平等の抹殺と民主制度の徹底的な絶滅を意味するからである。

その通り。帝国主義は、どこでもこのような不正と災厄《さいやく》をひき起こすものなのだ。

その三

移民の必要

イギリスとドイツの帝国主義者が大帝国建設を必要とする第一の論拠は、自国民の移民政策にある。彼らが強調するのはこんなことだ。「今やわが国の人口は年々増加し、貧民は日々増加している。領土の拡張は、過剰な人口を移住させるためにやむを得ない」と。一見、大いに理があるように見える。

人口増加と貧民

英独の人口増加は事実である。貧民の増加もまた事実である。しかし貧民が増加した原因は、もっぱら人口増加によるものと考えていいのだろうか。貧民の救済は、海外への移住策のほかにないのだろうか。これは一考すべきところである。英独の帝国主義者のいう通りならば、その論理は、すなわち人口が多ければ財と富に乏しく、人口が少なければ財と富が多いということになろう。これには笑ってしまう。彼らはまったく社会進歩の大法則を無視し、ソーシャル・サイエンス［social science. 社会科学］を無視し、経済の学説・理論を無視しているのである。

動物や魚介は、みな自然にある食物を食べる。食べることが多ければ多いほど、食物が減ってしまうのは、当然の道理だ。ところが人はモノを生産する動物である。天然の力を利用して、自ら衣食を生産できる知識と能力をもっている。しかもこの知識や能力は、一年ごとに、一時代ごとに、速度をはやめて、ますます改善され、進歩し、増加しつつある。[12] だから、産業革命が行われて以来、世界の人口は数倍に増加すると同時に、財と富はたしかに数十倍数百倍になった。ところで英独の二国は、まさにこの世界中の財と富の大部分をひとり占めしている国々ではないのだろうか。

貧民増加の原因

そもそもイギリスとドイツは、まぎれもなく世界で最も豊かな国々である。にもかかわらず、貧民は日々増加している。これは人口が多すぎることが原因なのだろうか。そうではなく、たしかに貧民増加の原因は別にある。そう、英独の貧民の増加は、全く現在の経済構造と社会体制が良くないからにすぎない。つまり、資本家や地主が法外の利益と土地をひとり占めしているからにすぎない。つまり、富と財の分配が公正さを失っているのだ。だから、わたしはこう信じている。「自由と平等を尊重する本物の文明の道義と科学的な知識とによって、この貧民増加の原因をとり除かない限り、移住政策はその場しのぎの、あたかも浣腸《かんちょう》による便秘治療のようなものにすぎない。

12　この段落の内容は、本書「第二章　愛国心を論ずる」その七、人類が進歩する理由の内容に対応するだろう。74頁以下参照。

だから、たとえ全国の人民をひとり残らず移住させたとしても、貧民は決してなくなりはしないのだ」と。

かりに一歩ゆずって、移民は、人口の過剰と貧民の増加とに対する唯一の救済策であるとしよう。その場合でさえも、イギリスとドイツはほんとうに領土拡張の必要があり、大帝国建設の必要があるのだろうか。英独の人民は、ほんとうに自国の領土、自国の国旗のはためく土地でなければ、生活ができないのだろうか。次の事実を見ていただきたい。

英国移民の統計

英国の領土が広大なことは、早くから「日の没する時なし」といわれているほどである。ところで、一八五三年から一八九七年までの間に、イギリス人およびアイルランド人で海外に移住した者は約八百五十万人あり、そのうち自国の植民地に赴《おもむ》いたのはわずか二百万人にすぎない。そのほかの五百五十万人はみなアメリカ合衆国に向かった[13]。一八九五年の英国移民の統計によれば、次のようである。

アメリカ合衆国へ　一九五、六三二人
オーストラリアへ　一〇、八〇九人
イギリス領カナダへ　二二、三五七人

英国移民で自国の領土に移住した者は、領土以外の国に移住した者に比べて、六対一の割合にすぎないではないか。

彼ら英国移民にとって、自由のあるところが自分の故郷であり、必ずしもその移住地が母国の領土であるかどうかは問題ではないのである。だからわかるのだ、帝国主義者のいう「移民が必要だ」という口実にはなんの根拠もないということが。

移民と領土

わたしは移民を悪事とするのではない。少なくともスパルタ人がその奴隷《ヘロット》の人口増

13　数字は幸徳の原文のまま。この（誤った）数字はロバートソンの『愛国心と帝国』のもので、それをそのまま幸徳がここに翻訳し引用したもの（原著174〜175頁）。101頁注29参照。

加を憎んで、彼らを大量にむごたらしく殺したのに比べれば、移民は大いに進歩した方法であることを疑わない。しかし、そもそも世界に領土を拡張することができるのには限界があり、人口増加には限界がなさそうである。もし「移民するのは自国の領土でなければならない」とすれば、いずれ困り果てることになるのは目に見えている。

想像してみるがいい。英独は、はじめに間違いなくアジア、アフリカの無人の地域に向かって領土を求めるだろうし、それを分割するだろう。しかし分割された領土も、結局は移民でいっぱいになるだろうし、さらに他の領土を求めても、余分な土地はなくなるに至るだろう。そうなれば、彼ら英独両国は互いに殺し合い、奪い合うことになるはずだ。そして、武力の強大などちらか一国が、ついに相手国の領土を取ることができた、と想像してみよう。しかしその領土もまた、そう遠くない年月のうちに人口が増えすぎるはずだし、そのあとに続くのは自国と自分自身の貧困であり零落であるにちがいない。このようなことが、すなわち帝国主義者の論理であり、目的であるとすれば、なんとまあ非科学的なことであろうか。

また、一方から見ると、フランスも現に熱心に領土の拡張を求めてやまない。ところがフランスの人口は決して増加していないし、貧民も比較的少ないのを見れば、どうして領土拡張は移民の必要から生ずるのだ、などといえるのか。

今やアメリカもまた、領土拡張を求めているが、それが移民の必要から生ずるのではないことは明らかだ。なぜならアメリカの領土は広大であり、天然資源は豊富だからである。そういうわけで、世界の移民がアメリカに身を寄せるのは、あたかも多くの川が海に注ぐようなものである。ひとりイギリス人だけが多くアメリカに向かうのではない。ドイツ人は、一八九三年から一八九七年までの間、海外移住者二十二万四千人のうち、十九万五千人がアメリカに向かった。そしてスイス、オランダ、スカンジナビア諸国の移民もまた、多くはアメリカに行く。世界各国の移民を併《あわ》せ呑《の》むアメリカ。どうしてアメリカが自国の外への移民を奨励する必要があるだろうか。

イタリアも、その財産を費やし、人を殺して、エチオピアの広い砂漠地帯に植民地を得ようと苦闘している。にもかかわらず、移民はみな南北アメリカという外国の国旗の下に向かおうとしているのである。

大きな間違い

だから、わたしは断言する。「帝国主義と称する領土拡張政策が、ほんとうに移民の必要から起こったとするのは、大きな間違いだ。あるいは移民をたんに口実とするようなことは、自らをだまし他人をだますことの甚《はなは》だしいものであり、取るに足りない議論なのはいうまでもない」と。

その四

新市場の必要

帝国主義者は、だれでも同じように強く主張している。「『貿易は国旗〔戦争の勝利〕に続く』。領土の拡張は、間違いなく我が商品を売るための市場を求めるという、切迫した事情から生じたものだ」と。

わたしは世界の交通がますます便利になることを望むし、世界諸国の貿易がますます栄えることを望む。しかしイギリスの物品の市場は、必ずイギリス国旗の下になければならず、ドイツの物品の市場は、必ずドイツ国旗の下になければならないという理由は、はたしてどこにあるのか。われわれの貿易は、武力と暴力によって強制しなければ行うことができないという理由は、はたしてどこにあるのか。

暗黒時代の経済

暗黒時代の英雄豪傑は、自国が富んで栄えることを願って、つねに他国を侵略し、その豊かな富を力づくで奪い取り、税金を徴収した。チンギス・ハーン、ティムール[14]の経済はこのようなものだった。もし帝国主義者が、たんに他の未開の民族を圧倒し、その土地を奪い、そこの住民を家来や僕《しもべ》として、彼らに商品の売買を強制することをもって経済の主義とするのならば、それは暗黒時代の経済とどこが異なっているというのか。そんなことは文明の科学が決して許さないことではないか。

生産の過剰

資本家や企業家はなぜ、新市場の開拓を必要とするのか。彼らがいうには「資本が豊かにあって、生産の過剰に苦しんでいるからだ」。ああ、なんという言い草《ぐさ》だろう。資本家や企業家がそんなふうに生産の過剰に苦しむと称する一方で、見よ、何千万の

14　ティムール帝国の創始者（一三三六～一四〇五）。

下層の人民は、いつも衣食の不足を訴えて号泣《ごうきゅう》しているではないか。資本家や企業家のいう生産の過剰は、本当にその生産物つまり商品の需要がないからではなくて、多数の人民がそれを買い得る資力に乏しいからにすぎない。購買力に乏しいのは、富の分配が公正さを失い、貧富の格差がますます拡大しているからにすぎない。

今日の経済問題

だから、考えなくてはいけないのだ。欧米において貧富の格差がますます広がり、富と資本がますます一部の少数者の手に蓄積されて、多数の人民の購買力が衰弱の極《きわ》みに至ってしまったのは、まったく現在の自由競争制度の結果として、資本家や企業家がその資本に対して、並はずれた利益をひとり占めしているためではないのか。

社会主義的な制度の確立

だから、欧米の今日の経済問題は、他国の未開の人民を抑えつけて、商品の消費を強制することよりも、まず自国の多数の人民の購買力をなんとしても高めることこそが重要なのだ。自国の購買力を高めるには、資本に対して並はずれた利益を独占することを禁じて、一般の労働に対する利益の分配を公平にしなければならない。ところで分配の公平を達成するには、いまの自由競争制度を根本的に改造し、社会主義的な制度を確立するのでなければならない。

うまい具合にこのようになるとすれば、その時には資本家の競争はない。どうして利益を独占する必要があろうか。すでに利益の独占がないのだから、多数の人民の衣食は公平に分配されるだろう。すでに衣食が足りるとすれば、どうして過剰な生産を行ったりするだろうか。すでに生産過剰の心配がないとすれば、どうして国旗の威厳を借りてティムール的な経済を行う必要があろうか。これが文明的であり、科学的であり、またたしかに道義的でもある。

破産だけ、堕落だけだ

ところが欧米の政治家や商工業者は、そんなふうに考えをめぐらすことはなく、ただ一時《いっとき》の虚栄を誇り、永遠にその独占を続けようとして、海外領土の拡張に莫大な資金を惜しげもなくつぎ込み、威勢よく使って、とどまる所を知らない。それで、その結果どうなるか。政府の財政はますますふくれ上がり、資本はますます領土拡張の資金へと吸収される。商工業者は利益を上げることに狂奔《きょうほん》し、ますますせき立てられ、分配はますます不公平になる。このようにして領土拡張はいよいよ勢いを増し、貿易総額はいよいよ増加する。それにともなって、多数の国民の困窮は、ますます厳しいものとなるだろう。次に来るのは、すなわち破産だけ、堕落だけだ。

遊牧民の経済

たとえ多数の国民は領土拡張の費用のために困窮し、破産するに至らないとしても、世界各国の領土獲得競争が今のあり様《さま》では、「新市場」を求めようとしても、将来、果たしてどれほどの余地があるだろうか。余地がなくなってしまえば、そのまま為《な》すところなく飢《う》えるほかはない。そうでなければ、世界各国が互いに闘い、互いに奪い合うほかはない。水と草を追ってあちこち移動する遊牧生活は、水と草が尽きれば倒れるほかはない。そうでなければ、殺し合い、奪い合うほかはない。帝国主義者の経済は、遊牧民の経済なのか。

その通りだ。帝国主義者たちは手に入れることができる新市場の余地が乏しくなったので、世界各国はすでに互いに他国の市場を奪い合う兆《きざ》しをみせている。イギリス人はいう。「ドイツはわが市場の敵だ。やつらを撃ち破らなくてはならない」。ドイツ人はいう。「イギリス人はわが競争相手だ。やつらを圧倒しなければならない」。それで両国は、戦争の準備に大忙しである。奇妙なことだ。彼らの通商貿易は、英独両国の相互の福利ではなくて、相手方に損害をあたえることによって、ほんのわずかばかりが自分の方の利益になる、というのだから。平和裡《り》での生産を競うのでなく、武力による争奪を仕事としているのだから。

英独の貿易

そもそもイギリスは、現にドイツ貿易の最大の得意客ではないか。ドイツは、現にイギリス貿易の得意客として第三位以下に落ちたことがない国ではないか。両国の貿易は、最近の十年間において、すでに数千万円［現在ならば数千億円］増加している。イギリスのドイツに対する貿易総額は、オーストラリアに対するそれに比べて遜色《そんしょく》はない。しかもカナダと南アフリカを合わせた額よりも、はるかに大きい。そしてドイツにしても、イギリスの資本を輸入し利用している額は、少ないものではない。もしそんなイギリスとドイツが、相手国を打ち破り、圧倒することを痛快事とするのだったら、それは自《みずか》ら自分の貿易の大部分を犠牲にして痛快なこととするわけだ。そのほかの列強の関係もたいてい、こんなものである。

得意客の殺戮《さつりく》

もし世間の商人がその得意客を殺して、財貨を奪い、「財産をふやす極意《ごくい》はこれだ」と言えば、笑わない者はいないだろう。かの欧米諸国がひたすら他国を苦しめて、それによって自国の利を図ろうとするのは、まるでこの類《たぐい》のことではないだろうか。わたしが悲しむのは、いまの「市場拡張」競争が、あたかも軍備拡張競争のようであることだ。関税の戦争が、まるで武力の戦争のようであることだ。欧米諸国は他国を苦しめるために、まず自国が苦しむのである。他国の利益を減らすために、まず自国の利益を減らさざるを得ないのである。そこで結局、国民の多くはそのために困窮し、飢えて、腐敗し、滅亡するのだ。だからわたしは言う。「帝国主義者の経済は、未開人の経済であり、暗黒時代の英雄豪傑的、ティムール的な経済であり、不正であり、道義にそむくものであり、非文明的であり、非科学的であり、政治家が目先の無意味な名誉を追い求め、投機家が一時《いっとき》の思いがけない利益を得ようとするためのものにすぎない」と。

日本の経済

ひるがえって、わが日本の経済をよく見てもらいたい。欧米よりもっとひどい。わが日本は武力をもっている。その武力によって国旗を海外に立てることはできるだろう。しかし、わが国民は、この国旗の下に投資することのできるどれほどの資本をもっているのか。この市場に出すことのできるどれほどの商品を製造し得るのか。ひとたび領土が拡張されれば、軍人はますます跋扈《ばっこ》するだろう。政務に必要な費用は増加し、資本は欠乏し、生産はいよいよ収縮するにちがいない。わが日本ともあろうものが帝国主義の政策を推し進めようとするのか。もし推し進めれば、その結果はいま述べたようなことにしかならないだろう。

なんという愚かさ加減

欧米諸国の帝国主義者は、資本のあり余る豊かさと生産の過剰を口実にするが、日本の経済事情はこれと正反対である。欧米諸国の大帝国建設は、腐敗と零落に向かって進むことは言うまでもない。それでもなお、数年の間は、国旗の象徴する虚栄を誇ることができるかもしれない。しかしわが日本にいたっては、その建設した帝国を、一日でも維持することができるだろうか。それにもかかわらず、むやみに多数の軍隊と戦艦とをかかえて、わめいている。「やっぱり帝国主義だよな」。わが日本帝国主義者の愚かさ加減は、まったくはかり知れないほどひどい。

その五

英国植民地の結合

イギリスの帝国主義者はこんなことも言う。「わが軍備を完全にしようと望むなら、植民地全体の強固な統一、結合が必要だ」と。この説は、かの好戦的な愛国者がもっとも喜ぶところのものだ。しかも大いに笑うべきものである。

不利と危険

イギリス本国の国民がつねに国防が不完全だという不安をいだいてしまう理由は、

じつはその領土が大きすぎるからではないのか。考えてほしいものだ。イギリスの各植民地の人民は、だれもが最初は母国において安心した生活ができなかったので、自由を得よう、衣食を求めようとして、千里も離れた異郷に移住した者たちである。そして今では、それぞれの人が繁栄と幸福を手にして暮らせるようになった。それなのに、何を苦しんでもう一度、大帝国統一の名の下に、母国の干渉と束縛とを甘んじて受けなければならないのか。母国のために莫大な軍資金と兵役を負担しなくてはいけないのか。つねに母国と共に欧米諸国の紛争の渦中に入らなくてはいけないのか。その不利と危険は、全くこれ以上に大きなものはないだろう。

小英国当時の武力

そもそも武力は、無用にして罪悪であることは、前にすでに言った。しかし、いま仮に自国の防衛についていては、必要不可欠のものとしてみよう。防衛が行き届いて、武力の強さ勇ましさが威光を放ち得るのは、決して領土が広大だからでもなく、大帝国の建設によるのでもない。思い出してみるがいい。フェリペ二世[15]のスペイン大帝国を撃破した当時の英国は、まだ「小英国《リトル・イングランド》」だったではないか。ルイ十四世[16]のフランス大帝国を撃破した当時の英国も、まだ「小英国」だったではないか。

英国繁栄の原因

そのとおりだ。イギリス軍隊の力が輝かしい光を放っていたのは、もっぱら小英国の当時にあったのである。イギリスの帝国主義者が、ほんとうにその防衛の不完全さを心配するのならば、なぜ断固として各植民地の独立を許さないのか。独立を許して初めて、イギリス人は安心することができるし、各植民地もまた、自由であることの幸福と利益とを授かって歓喜するだろう。

だから、よく考えなければいけない。イギリスのこれまでの繁栄と膨脹は、決して武力によるのではなくて、豊富な鉄と石炭の増産によるものである。武力に訴えた侵略と略奪によるのではなくて、平和な製造工業によるものだったのである。その間イギリス人は、いったんは誤って野獣の本能を逞《たくま》しくし、古代の帝国主義を手本として、植民地を扱うのにティムール的な経済の手段［武力］を行使したことも、ないではなかった。しかし彼らは、それによってアメリカ合衆国が離反したのに懲《こ》りて、そういう企《くわだ》てはやめて各植民地の自治を許した。だから、イギリスの広大な領土は、事実において決して帝国主義者の「帝国《エンパイア》」を形成するものではない。もっぱらその血のつながり、言語、文学を同じくして、英本国と各植民地との間で互いに心の底から感情を共有して変わらないこと、そして貿易における相互の利益が一致すること、この二つによってイギリス連合はたくみに永久の運命を維持して、無限の繁栄に至ったのである。

英帝国の存在は時間の問題

そうなのだ。もしも英国がその昔、武力の虚栄に酔って、大陸諸国との外交上の駆け引きにばかり腐心《ふしん》していたとすれば、どうして今日の盛大な状態を達成できただろ

15　スペイン王（一五二七〜九八）。ナポリ、シチリア、ネーデルラントなども支配した。ポルトガル王位も兼ね、スペインの世界覇権《はけん》を確立。しかし一五八八年、フェリペ二世が派遣した無敵艦隊がイギリスに敗北。スペイン衰退の端緒となる。

16　フランス王（一六三八〜一七一五）。絶対王政の確立者。しかし、スペイン継承戦争（一七〇一〜一四）の結果、ルイ十四世のヨーロッパ制覇の野心はくじかれ、海上支配におけるイギリスの優位が決定づけられた。

う。いや、今日強大さを誇っているとはいえ、もし英国が将来その国旗と武力の栄光のために、各植民地に不利と危険を強いて、英本国との感情の共有を失う行動にでるならば、「大英帝国の存在は、まったく時間の問題だろう」とわたしは信じている。

ところが今や、かのチェンバレンの野心はむくむくと湧き上がり、ピット[17]、ディズレーリ[18]の事業を受け継《つ》いで、この平和的な大国民を率《ひき》いて、軍国主義、帝国主義の悪酒におぼれさせ、古来の「武力第一の帝国は滅亡を避けられない」というあの失敗を繰り返そうとしている。わたしはこの名誉ある国民のために残念に思わざるを得ない。

キップリングとヘンリー

しかし、功をあせる軍人や政治家、思いがけない利益を得ようとする投機家は、まだしも許すことができよう。だが、学問芸術についての知識があり、国民の精神的教育に無限の責任をもつ文士・詩人が、こぞって武力の増大を唱えるにいたっては、痛《つう》嘆《たん》の極《きわ》みである。イギリスにおいて、キップリング[19]、ヘンリー[20]などはその最《さい》たるものだ。

帝国主義はまるで猟師の暮らし方だ

彼らは、野獣的な愛国者がエサの肉を求めるのを見て賛美する。「これはイギリス国旗の栄光である。偉人の栄《は》えある功績である。イギリス人にイギリス国民としての観念をよびさます。わがイギリスにおいて、セシル・ローズ（143頁注6参照）の誕生を誇りに思わないものがあろうか。キッチナー（117頁注45参照）の功績を尊《とうと》ばないものがあろうか。前者はわが帝国のために領土を数千里も拡張したし、後者はハルツーム[21]の国辱《こくじょく》をそそいで、スーダンの野蛮で荒々しい風俗を文明と平和に変えた」と。帝国主義なるものが、未開人を討伐《とうばつ》し、皆殺しにして、そこに文明と平和の政治を行うものであるとすれば、まさしくその理由によって、帝国主義の生命と活力が持続す

17 イギリスの政治家（一七〇八～七八）。イギリス海外発展の基礎を固めた。大ピット。
18 イギリスの政治家（一八〇四～八一）。帝国主義的外交を展開。
19 イギリスの詩人・作家（一八六五～一九三六）。大英帝国を宣伝するような傾向のある作品を書いた代表的作家。『ジャングル・ブック』など。
20 イギリスの詩人・評論家・劇作家（一八四九～一九〇三）。
21 アフリカ北東部、スーダンの首都。一八九八年、キッチナーはハルツームを占領し、ゴードン将軍（一八三三～八五）の仇《かたき》をとった。

るのは、ただ未開人が存在している間だけである。ちょうど猟師の暮らしが成り立つのが、ただ付近の山野に鳥が飛び交《か》い、獣が駆《か》けまわっている間だけであるのと同じように。

南アフリカがすっかり平和になってしまったら、セシル・ローズは、こんどはどこに別の南アフリカを求めようとするのか。スーダンはすでに征服してしまった。キッチナーは、こんどはどこに別のスーダンを求めようとするのか。もし討伐すべき未開人がいなくなってしまえば、彼らは国旗の栄光を失い、イギリス国民としての観念は消え失せ、偉人の功績を求めることができなくなってしまうのだ。はかないものとは、帝国主義の前途ではないのかね。

ただ大言壮語《たいげんそうご》して、国民の好戦心をあおり立てるキップリングくん、ヘンリーくんの思想の内に、わたしはあまりにも幼稚なものを見る。真の社会・文明の進歩と福利を願う者は、当然こんなふうであっていいはずがないのである。

その六

帝国主義の現在と将来

以上のようにみてくれれば、「帝国主義」の現在も将来も、知るのはむずかしくない。帝国主義とは、すなわち卑しむべき愛国心を行動にうつすために、悪《にく》むべき軍国主義をもってする、ひとつの政策の名称にすぎない。そしてその結果は、堕落と滅亡でしかない。

帝国主義者のいう「大帝国の建設」は、必要ではなく、欲望であり、福利ではなく、災害である。国民的な発展と広がりではなく、少数の人間の大きな功名心と野心を満たすためのものである。貿易ではなく、投機であり、生産ではなく、強奪であり、自国の文明を植えつけるのではなく、他国の文明の破壊である。どうしてこれが社会と文明の目的であろうか。国家経営の本来の趣旨であろうか。

「いや、これは移民のためなのだ」などと言うことはできない。移民は、領土の拡張を必要としないからだ。「いや、これは貿易のためなのだ」などと言うことはできない。貿易は、決して領土の拡張を必要としないからだ。領土の拡張が必要だとするのは、ただ軍人と政治家の虚栄心だけだ。金鉱および鉄道の利益を追いもとめる投機家だけだ。軍の需要を満たす御用商人だけだ。

国民の名誉となる繁栄と幸福

そもそも国民の誉《ほま》れとなる繁栄と幸福は、決して領土の広大さにあるのではなく、その道徳の程度の高さにある。武力の強さ、盛んな勢いにあるのではなく、その理想の高尚さにある。軍艦と兵士の多さにあるのではなく、その衣食の生産の豊かさにある。イギリスのこれまでの名誉となる繁栄と幸福は、あの厖大《ぼうだい》なインド帝国を所有していることにはなくて、むしろひとりのシェイクスピアをもっていることにある、というのはまことにカーライル[22]のいう通りではないか。

ドイツ国は大きい、しかしドイツ人は小さい

サー・ロバート・モリエル氏[23]は、かつてビスマルクをこのように評した。「彼はドイツを大きくしたが、ドイツ人を小さくした」。そのとおりだ。領土が大きいことは、国民が偉大であることと反比例する。なぜならドイツ人の大帝国の建設は、ただ武力による膨脹だからであり、野獣的な本能の膨脹だからである。彼らは実際のところ、国を豊かにしようとして、人民を貧しくし、国を強くしようとして、人民を弱くし、

国の威光を輝かそうとして、人民を腐敗し堕落させた。だからモリエル氏はいうのである。「帝国主義は、国を大きくするが、国民を小さくしてしまう」と。

はかない泡《あわ》だ

国民はもはや小さい。それなのに、どうして国家が大きくなれるというのか。大きいようにみえるが、それははかなく消える泡にすぎない。空中楼閣《ろうかく》にすぎない。砂上の家にすぎない。台風が通り過ぎれば、たちまち消え去って跡形もない雲霧《うんむ》と同じである。これは昔から今に至るまで、歴史が明らかにしているところである。それなのに、哀《かな》しいものだな、世界各国は競ってこの実質のないはかない泡のような膨脹につとめて、しかも滅亡に向かって進んでいる危険を知らないのだ。

22　イギリスの思想家、歴史家（一七九五〜一八八一）。明治日本にも大きな影響を与え、内村鑑三、植村正久《うえむらまさひさ》（牧師。一八五八〜一九二五）、新渡戸稲造《にとべいなぞう》（思想家・教育家。一八六二〜一九三三）らのキリスト教徒、高山樗牛《たかやまちょぎゅう》（評論家。一八七一〜一九〇二）、国木田独歩《くにきだどっぽ》（詩人・小説家。一八七一〜一九〇八）らの文学者に愛読された。

23　イギリスの外交官（一八二六〜九三）。

日本の帝国主義

そして今や、わが日本もこの主義に熱狂して、考えをひるがえそうとしない。十三師団の陸軍、三十万トンの海軍は拡張された。台湾を領土として得た。北清事変には軍隊を派遣した。これらによって日本国の威光は高まった。軍人の胸には多くの勲章が飾られた。議会はそれらを賛美した。文士・詩人はそれらを謳歌《おうか》した。では、帝国主義によって生じたそういう諸々《もろもろ》のことは、いくらかでもわが国民を偉大にしただろうか。いくらかでも福利をわが社会に与えただろうか。

その結果

八千万円の国家予算は、数年もしないうちに三倍になった。[24] 台湾の経営は占領以来、一億六千万の費用を日本国内地から奪い去った。日清戦争に勝って清から得た二億両《テール》の賠償金は、夢のように消え失せた。財政はますます乱れ、輸入はますます超過した。政府は増税につぐ増税で対応し、市場はますます行きづまった。風俗はますます頽廃《たいはい》し、犯罪は日ごとに増加した。しかも社会改革の必要を説けば嘲《あざけ》られ罵《ののし》られ、教育を広く普及させる必要を論ずれば冷笑されて、国力は日々消耗し、国民の生命は日々厳しい状況に近づいている。もしこのような状態が激しい勢いで止むことなく数年も続けば、どうなるだろうか。わたしはこうなるだろうと信じている。「東洋の礼儀正しく善良な国の二千五百年の歴史は、黄粱一炊《こうりょういっすい》の夢〔富貴・功名が短く、はかないことのたとえ〕となってしまうだけであろう」と。ああ、これがわが日本における帝国主義の結果ではないだろうか。

だから、わたしは断言する。「帝国主義という政策は、少数の人間の欲望のために、多数の人間の幸福と利益を奪うものだ。野蛮な感情のために、科学の進歩を邪魔するものだ。人類の自由と平等を絶滅させ、社会の正義と道徳を傷つけ、世界の文明を破壊するものだ」。

24　75頁注30参照。

第五章　結論

新しい世界の運営

ああ二十世紀の新しい世界、われわれはどのようにしてこれをうまく運営していこうとするのか。われわれは世界の平和を望む。しかし帝国主義はこれをかき乱す。われわれは道徳の力が強くなり、あまねく行き渡ることを望む。しかし帝国主義はこれを傷つけ殺す。われわれは自由と平等を望む。しかし帝国主義はこれを破壊する。われわれは生産と分配の公平を望む。しかし帝国主義はその不公平をいっそう激しいものにする。まったく帝国主義以上に大きな文明の危険はない。

二十世紀の危険

ここにいうことは、わたし一人の意見ではない。去年、『ニューヨーク・ワールド』新聞[1]が『二十世紀の危険』という題で、欧米の著名人たちの意見を求めた。軍備を支持する主張や帝国主義を、恐るべきものだと答えた人がじつに多かった。フレデリック・ハリソン[2]はいう。「将来における政治上の危険は、ヨーロッパ諸国があまりにも多大な軍隊、軍艦、軍資を蓄積することにある。その結果、ヨーロッパ諸国の統治者も人民もみな、主としてアジア・アフリカ地域において、覇権《はけん》争いをするという誘惑にかられるだろうからである」。ザングウィル[3]はいう。「二十世紀の危険は、軍国主義という中世の思想が、反動的な勢力を盛りかえすことだ」。ケア・ハーディ[4]はいう。「軍国主義より危険なものはない」。カール・ブラインド[5]はいう。「危険は帝国主

1　ニューヨークで発行されていた大衆日刊新聞。
2　イギリスの哲学者・伝記作家・批評家（一八三一〜一九二三）。
3　イギリスの作家、シオニズム運動家（一八六四〜一九二六）。
4　イギリスの政治家（一八五六〜一九一五）。スコットランド労働党を結成。一八九三年の独立労働党、一九〇〇年の労働代表委員会設立に指導的役割を果たす。

義である」と。

ペストの流行

その通りだ。帝国主義が不吉な、避けるべきもの、恐るべきものであるのは、ほとんどペストの流行と同じである。それに触れれば、アッという間に滅亡に至るのは避けられない。そして、例の「愛国心」がたしかにその病原菌であり、「軍国主義」がたしかにその伝染の媒介なのである。考えてみれば、十八世紀の末、フランス革命という大掃除《おおそうじ》の方法がヨーロッパ世界を清らかで汚れのないものにして、帝国主義は、いったんはすっかり消えてなくなった。それ以来、一八三二年のイギリスの選挙法改正や、一八四八年のフランスの二月革命や、イタリアの統一や、ギリシアの独立など、すべてこの流行病を防ぐことに関係しないものはなかった。しかしその間、ナポレオンや、メッテルニヒ[6]や、ビスマルクといった連中が、それぞれにこの病原菌をまき散らしてしまったために、あらためて今日の発生を引き起こしたのである。

愛国という病原菌

そして今や、この愛国という病原菌は政府にも民間にも、お上《かみ》にも下々《しもじも》にも蔓延《まんえん》し、帝国主義というペストは世界各国に伝染して、二十世紀の文明を破壊し尽くさなくてはおさまらない勢いだ。社会改革をめざす血気盛んな若者として、国家の名医を自任する志のある者は、まさしく今こそ大いに奮《ふる》いたつべき時ではないだろうか。

大掃除《おおそうじ》、大革命

それでは、われわれは一体どういう見通しをもって、今日のさし迫った事態に対応すべきであろうか。ほかでもない、あらためて社会、国家に向かって大掃除を実施せよ。いいかえれば、世界的な大革命の運動を開始せよ。少数の人々のための国家を、多数の人々のための国家に変えよ。陸海軍人の国家を、農工商人の国家に変えよ。貴族専制の社会を、平民の自治による社会とせよ。資本家が横暴をはたらく社会を、労働者が共有する社会とせよ。そうした後に、正義と博愛の心は、視野の狭い偏《かたよ》った愛

5　ドイツの政治家・作家（一八二六〜一九〇七）。のちにイギリスに渡る。
6　オーストリアの政治家（一七七三〜一八五九）。ナポレオン戦争後、ウィーン会議（一八一四〜一五）を主宰。保守反動政策をとり、自由主義などを弾圧。

国心を圧倒するだろう。科学的社会主義は、野蛮な軍国主義を亡ぼすだろう。ブラザー・フード［brotherhood. われらみな兄弟、四海同胞意識。友好］の世界主義は、略奪的な帝国主義を一掃し、取りのぞくことができるだろう。

黒々とした闇の地獄

このようにして、初めてわれわれは、不正で、義にそむき、非文明的で、非科学的な現在の世界を改造することができる。社会の永遠の進歩も期待できて、人類全般の福利を完全なものとすることができるのだ。大掃除をせずに、今日の状態を長く放置し、反省することがなければ、われわれの周りはただ百鬼夜行《ひゃっきやぎょう》、多くの人々のあやしくも醜い行いがあるばかりである。われわれの前途には、ただ黒々とした闇の地獄があるばかり。

帝国主義　終

死刑の前（腹案）

死刑の前（構成）

第一章　死生　　第二章　運命

第三章　道徳―罪悪（意思自由の問題）

第四章　半生の回顧　　第五章　獄中の生活

第一章　死　生

（一）

私は死刑に処せられようとして、いま東京監獄《かんごく》の一室に拘禁《こうきん》されている。

ああ死刑！　世の中の人々にとっては、これほど忌《い》まわしく恐ろしい言葉はあるまい。いくら新聞では見たり、ものの本では読んだりしていても、まさか自分がこの忌まわしい言葉と、実際にかかわり合うことになるなどと予想した者は一人もあるまい。しかも私は本当にこの死刑に処せられようとしているのである。

ふだん私を愛してくれた人々、私に親しくしてくれた人々は、「幸徳が死刑に処せられる」と聞いた時、どんなにその真偽を疑い、とまどったことであろう。そして、それが真実であると確かめることができた時、さぞかし情けなく、浅ましく、悲しく、恥ずかしくも感じたであろう。とりわけ私の老いた母は、どんなに深く絶望の刃に胸を貫かれたであろう。

けれども今の私自身にとっては、死刑は何でもないのである。

私はどのようにしてこんな重罪を犯したのであるか。その公判でさえ傍聴を禁止された現在の状況にあっては、もとより十分にこれを言う自由を私は持っていない。百年の後、誰かがあるいは私に代わって、私が重罪を犯したという理由を問いただしてくれるかもしれない。いずれにしても、死刑そのものは何でもない。

これは放言《ほうげん》でもなければ、大言壮語《たいげんそうご》でもなく、嘘偽《うそいつわ》りのない真情である。本当によく私を理解し、私を知っていた人ならば、いつものようにこれが私の真情であることを察してくれるに違いない。堺利彦《さかいとしひこ》[1]は「ふだんとは違う大変なこととは感じないで、なんだか自然の成り行きのように思われる」と言ってきた。小泉三申《さんしん》[2]は「幸徳もあれ

1　明治・大正時代の社会主義者、文筆家（一八七〇〜一九三三）。幸徳らと平民新聞を創刊。社会主義を信奉、非戦論を唱え入獄数回。売文社を設立。

でいいのだと話している」と言ってきた。どんなに絶望したことだろうと思った老いた母でさえも、すぐに「このような成り行きについては、かねてから覚悟がないでもないから驚かない。私のことは心配するな」と言ってきた。

死刑！　私にはじつに自然な成り行きである。これでいいのである。かねてからの覚悟があるべきはずである。私にとって死刑は、世の中の人々が思うように、忌まわしいものでも、恐ろしいものでも、何でもない。

私が死刑を予期して待ちながら監獄にいるのは、瀕死《ひんし》の病人が施療院《せりょういん》[3]にいるのと同じである。病苦が激しくないだけ、さらに楽かも知れない。

これは私の性質が獰猛《どうもう》であることによるのか。愚《おろ》かであることによるのか。自分にはわからないが、しかし今の私は、人間の生死、ことに死刑については、ほぼ次のような考えをもっている。

（二）

万物はみな流れ去るとヘラクレイトス[4]も言った。諸行《しょぎょう》は無常、宇宙は変化の連続である。

その万物の実体《サブスタンス》、つまり変化することのない、ものの本質には、もともと終わりもなければ始めもなく、増えもしなければ減りもしないはずである。けれども、実体の二つの面である物質と強い力とが作り出し、仮にこの世に姿を現すところの、多種多様でほとんど無限にある、万物の形体《フォーム》ということになると話は別で、それらが永遠に存在しつづけるということは決してない。形体にはすでに始めがあるのだから、必ず終わりがなければならない。形成されたものは、必ず破壊されなければならず、成長するものは、必ず衰亡しなければならない。厳密にいえば、万物すべては、生まれ出た瞬間からすでに死につつあるのである。

これは太陽の運命である。地球およびすべての遊星の運命である。まして地球に生息する一切の有機体にとっての運命であることはいうまでもない。微細なものは細菌から、大きなものは巨大な象に至るまで、あらゆるものが平等にもつ運命である。こ

2　本名・小泉策太郎《さくたろう》（一八七二〜一九三七）。文筆家、政治家。幸徳、堺利彦と親交を結ぶ。
3　無料で貧民の病気を治療するために設立された一種の慈恵病院。
4　古代ギリシアの哲学者（前五三五頃〜前四七五頃）。

れは天文、地質、生物の諸科学がわれわれに教えるところである。ひとりわれわれ人間だけが、この運命を免《まぬか》れることができるだろうか。

いや、人間の死は科学の理論を必要としないほどの、じつに平凡な事実、時々刻々《じじこくこく》に変化する眼前の事実、だれも争うことのできない事実ではないか。死のやって来ることを、だれひとり例外として許される者はない。死に直面すれば、貴賤貧富《きせんひんぷ》も善悪邪正《じゃせい》も、知恵のある者もない者も、賢い者も愚かな者も、みな一様に平等である。どんな人間の知恵も、死を逃れることはできない。どんなに強い力をもつ人間も、死に抵抗することはできない。もしどうにかして死を逃れよう、死に抵抗しようと企《くわだ》てる者があれば、それは結局のところ、これ以上はない愚か者である。死を逃れようとする行為は、ただ東海に不死の薬［飲めば死なないという仙薬。『史記』封禅書《ほうぜんしょ》］を求めたり、天に昇るバベルの塔を築こうとしたり、というのと同じ笑い話である。

なるほど世の中の多くの人は、死を恐怖しているようである。しかし彼らもやはり、死が免れないものだということを知らないのではない。死を避けられるとも思っていない。おそらく彼らの中には、永遠の命はおろか、大隈《おおくま》［重信《しげのぶ》］伯爵のように百二十五歳まで生きられると本当に期待し、生きたいと希望している者さえ、一人もいないであろう。いや、百歳、九十歳、八十歳の寿命でさえも、まずはむずかしいと諦《あきら》めているのが多かろうと思う。はたしてその通りだとすれば、彼らは単純に死を恐怖して、どこまでもこれを避けようとして、深く悩み苦しんでいる者ではない。彼らがみずからはっきりと意識しているかどうかは別にして、死に対する彼らの恐怖の原因は別にあると思う。

すなわち、死というものに伴《ともな》ういくつかの事情である。その二、三をあげれば、（第一）天寿をまっとうして死ぬのでなく、つまり自然に老衰して死ぬのでなく、病気その他の原因から若死《わかじ》にし、当然享受《きょうじゅ》することができ味わうことができる生を、楽しみ味わうことができないのを恐れるのである。（第二）来世についての迷信から、妻子や親族と別れて一人、死出《しで》の山、三途《さんず》の川をさまよい行く心細さを恐れるものもある。（第三）現世の歓楽、功名《こうみょう》、権勢、さらに財産を打ち捨てなければならない残り惜しさの妄執《もうしゅう》によるものもある。（第四）自分が計画し、または着手した事業を完成させずに、道半《なか》ばにして打ち捨てるのを残念だとするものもある。（第五）子孫のための計画をまだ実行できず、美田《びでん》をまだ買うことができず、その行く末を憂慮《ゆうりょ》するため愛着に出るものもあろう。（第六）あるいは単に臨終の苦痛を想像して、戦慄《せんりつ》するものもあるかもしれない。

いちいち数えあげれば、その種類は限りもないが、要するに死そのものが恐怖すべき対象ではなくて、多くの場合、その個々人のもつ迷信、貪欲、愚痴、妄執、愛着の念を取りさるのが難しい性質や境遇などのうちに、死を恐怖する原因があるのである。だから見るがいい、彼らの境遇や性質が、もしひとたび変えられて、これらの事情から解放されるか、またはこれらの事情を圧倒するに足るべきほかの有力な事情が生ずる時には、死は何でもなくなるのである。単に死を恐怖しないだけでなく、あるいは恋のために、あるいは名のために、あるいは仁義のために、あるいは自由のために、さらには現世の苦痛から逃れようとするために、死に向かって猛進する者さえあるではないか。

死は大昔から、いたましいもの、悲しいものとされている。けれども、それはただ親愛し、尊敬し、または信頼していた人を失った生者にとって、いたましく悲しいだけである。精神と肉体は空《くう》に帰って（三魂六魄一空《さんこんろっぱくいっくう》に帰し）、感覚も記憶もただちに消滅してしまう死者その人にとっては、何のいたみも悲しみも、あるべきはずはないのである。死者は何の感ずるところもなく、知るところもなく、喜びもなく、悲しみもなく、安眠休息に入ってしまう。それなのに、これを悲しみ、惜しみ、なげき悲しむ妻子や親族そのほかの生者の悲哀が数万年もくり返された結果として、だれもが漠然と、死は悲しまなければならない、恐れなければならないものとして、怪しまないようになったのである。古人は、「生別《せいべつ》［生き別れ］は死別《しべつ》［死に別れ］よりもむごいことである」と言った。死者には死別の恐れも悲しみもない。むごいのは、むしろ生別にあると私も思う。

なるほど人間、いや、すべての生物には、自己保存の本能がある。すなわちすべての生物は、食料を得ようとするし、生き延びようとする。この事実によれば、人はどこまでも死を避け、死に抵抗するのが自然であるかのように見える。けれども、一面にはまた種《スピーシーズ》保存の本能がある。すなわち、恋愛であり生殖である。恋愛、生殖のためには、ただちに自己を破壊してしまっても、悔やむこともなければ反省することもない。これもまた自然の傾向である。右にいう自己保存の本能は利己主義となり、種保存の本能は博愛となる。

この利己主義と博愛の二者は古来、氷炭相容《ひょうたんあいい》れないもの［互いに性質が反対で調和・一致しないもの］のように考えられていた。また事実、しばしば矛盾もし、衝突もした。しかしこの矛盾・衝突は、ただ周囲の環境によって余儀《よぎ》なくされたか、または育《はぐく》まれたものであり、その本来の性質ではない。いや、それどころか利己主義と博愛は完全に一致させることができるはずのもの、させなければならないものである。動物の集団でも、人間の社会でも、この二者がつねに矛盾・衝突せざるを得ない事情の下にあるものは衰亡し、一致させることができたものは、繁栄していくのである。

なぜ利己主義と博愛を一致させられるのかといえば、それは、つねに自己保存が、種保存の基礎であり、かつ種保存の準備でもあるという理由からである。豊富な生殖はつねに健全な生活から生ずるのである。こうして新陳代謝《しんちんたいしゃ》する。種保存の本能が大いに活動する時には、自己保存の本能はすでにほとんどその役目をはたし終えているはずである。果実を結ぼうとするためには、花は喜んで散るのである。自分の子どもの生育のためには、母親は楽しんでその全精力をそそぎ込むのである。これから将来にわたって長い時間を生きていく若者が、自分自身のために死に抵抗するのも自然である。一方、長じたあとでは、種のために自分自身の生を軽んずるに至るのも自然である。これは矛盾ではなくて正当な順序である。人間の本能は、必ずしも正当で自然な死を恐怖するものではない。彼らはみな、この運命を甘んじて受けようと準備している。

だから人間が死ぬということ自体は、もはや問題ではない。問題はまったく何時《いつ》、いかにして死ぬかにある。むしろ死に至るまでに、どんな人生を享受し、どんな人生を送ったかにあるのでなければならない。

（三）

狂人や愚か者でない限り、だれも永遠無窮《むきゅう》に生きたいとは言わない。しかしまた、死ぬのならば、天寿をまっとうして死にたいというのが、万人の望みであろう。一応は無理もないことである。

けれども、天命としての寿命をまっとうして、病気もなく、怪我《けが》もせず、老衰の果てに、油がなくなって火が消えるように、自然に死という状態に落ちつくということは、実際には非常に困難なことである。なぜならば、そうなるためにはすべての病気を防ぎ、すべての災害を避けることができるような、完全な注意力と完璧な予防方法、そして万全な病院などの設備が必要だからである。もちろん、それは今後何百年かの歳月を経て、文明がますます進歩し、公衆衛生の知識がいよいよ発達し、一切の公共の設備が不安のない完璧な世の中になれば、それも可能であろう。そのうえに、各個人の衣食住もきわめてすぐれたものになり、完全な水準に達する世の中になれば、可能であろう。いや、それと同時に、さらには精神的にもつねに平和・安楽であり、さまざまな憂《うれ》いや悲しみや苦労のために心身を損《そこ》なうようなことのない世の中になれば、人はたいてい天寿をまっとうすることが可能となるであろう。私はそのような世の中が一日も早く来ることを望むのである。だが、少なくとも今日の社会、東洋第一の花の都［東京］には、地上にも空中にも、恐るべき病原菌が充満している。汽車・電車は、毎日のように衝突したり、人を轢《ひ》いたりしている。コメと株券と商品の相場は、刻々に乱高下《らんこうげ》している。警察、裁判所、監獄の仕事は多忙をきわめている。今日の社会においては、病気もなく、怪我もせず、本当に自然な死を遂《と》げることのできる人があるとすれば、それは世にもまれな偶然・僥倖《ぎょうこう》と言わなければならない。

実際のところ、どんなに絶大な権力をもち、巨万の富を所有し、その衣食住がほとんど完全な水準に達している人々でも、また、出家者の従うべき生活規律をしっかり守って生きる僧や禅宗の僧などのように、その養生《ようじょう》のためには一般の人間が耐えることのできない克己《こっき》、禁欲、苦行、努力の生活をする人々でも、病《やまい》なしに死ぬことはきわめて少ないのである。まして多くの、権力を持たない人、富のない人、弱い人、愚かな人はなおさらである。彼らはたいてい栄養の不足や、過度の労働や、よごれて汚《きたな》い住居や、有毒な空気や、厳しい暑さ寒さや、あれこれの気苦労《きぐろう》が多すぎるといった、不自然な原因から引き起こされた病気のために、天寿の半ばにさえも達することなく死んでしまうのである。たんに病気だけではない。彼らは餓死《がし》もする。凍死《とうし》もする。溺死《できし》もする。焼け死ぬ。震死《しんし》[5]する。轢死《れきし》する。工場の機械に巻きこまれて死ぬ。鉱坑《こうこう》[6]のガスで窒息死《ちっそくし》する。私欲のために謀殺《ぼうさつ》される。経済的に追いつめられて自殺する。今の人間の命の火は、油がなくなって消えるのではなくて、みな激しい風に吹き消されるのである。私は今、手もとに統計を持っていないけれど、病死以外の不慮《ふりょ》の死だけでも、毎年数万にのぼるかも知れないのである。

イワシがクジラの餌食《えじき》となり、スズメがタカの餌食となり、ヒツジがオオカミの餌

5　雷にうたれて死ぬこと。ただし、幸徳はここでは「地震で死ぬ」という意味で使っている。
6　鉱石を採掘するために、鉱山の地下に設けた穴。

食となる動物の世界から進化して、まだ数万年しか経《た》たない人間社会にあって、つねに弱肉強食の修羅場《しゅらば》を演じ、多数の弱者が直接間接に生存競争の犠牲となるのは、今のところはやむを得ない現象である。だから、天寿をまっとうして死ぬという願いは無理ではないようでいて、実際はまずほとんど不可能である。ことに私のような弱く愚かな者、貧しく賤《いや》しい者にあっては、とうてい望み得ないことである。

いや、私は初めからそれを望まないのである。私は長寿自体が必ずしも幸福ではなく、幸福は、ただ自己の満足をもって生き死にすることにあると信じていた。もしまた、人生に社会的な価値《ヴァリュー》とも名づけるべきものがあるとすれば、それは長寿にあるのではなくて、その人格と事業とが、彼の周囲と後代の人々とに及ぼす感化・影響の如何《いかん》にあると信じていた。今もそのように信じている。

天寿はすでにまっとうすることができない。ひとり自分だけでなく、天下の多数の人々もまたそうである。そして単に天寿をまっとうすることが必ずしも幸福でなく、必ずしも価値あるものでないとすれば、われわれは病死そのほかの不自然な死を甘受《かんじゅ》するほかはなく、また甘受するのが良いではないか。ただ、われわれはいかなる時の、いかなる死であっても、自分が満足を感じ、幸福を感じて死にたいものだと思う。そしてその生においても、死においても、自分の分相応《ぶんそうおう》の善良な感化・影響を社会に与えておきたいものだと思う。これは大小の差こそあれ、当人の心がけ次第で、決して行うのが難しいことではないのである。

不幸にして短命で病死しても正岡子規《まさおかしき》君[7]や清沢満之《きよざわまんし》君[8]のように、餓死しても伯夷《はくい》[9]や杜少陵《としょうりょう》[10]のように、凍死しても深草少将《ふかくさのしょうしょう》[11]のように、溺死しても佐久間艇長《ていちょう》[12]のように、焚死しても快川国師《かいせんこくし》[13]のように、震死しても藤田東湖《とうこ》[14]のようにであれば、不自然な死も

---

7 俳人・歌人・随筆家（一八六七〜一九〇二）。脊椎《せきつい》カリエスにかかり、三十歳を越えたばかりの晩年の数年間は、ほとんど病臥の生活を送りながら、俳句、短歌を革新した。門下から俳句では高浜虚子《たかはまきょし》、河東碧梧桐《かわひがしへきごとう》、短歌では伊藤左千夫、長塚節《たかし》らが出る。夏目漱石の友人でもあり、その影響の範囲は広い。

8 真宗大谷《おおたに》派の僧（一八六三〜一九〇三）。教団内部にはあまり影響力をもたなかったが、西田哲学をはじめとして思想界に多大の影響を与えた。

9 中国、殷《いん》末・周初の賢人。叔斉《しゅくせい》とともに、周の武王が殷の紂王《ちゅうおう》を討つに当たり、臣下（武王）でありながら主君（紂王）を討伐することの不当を訴えたが、聞き入れられなかった。周が天下を統一すると、その禄《ろく》を食《は》むことを拒んで首陽山に隠れ、餓死したと伝える。清廉潔白《せいれんけっぱく》な人の代名詞。

かえって感歎すべきものではないか。あるいは人として守るべき道理のために、あるいは職のために、あるいは意地のために、あるいは恋愛のために、あるいは忠孝のために、彼らは生死を超越した。彼らはおのおの、生死ともに顧みるに足りないほどの、大いなるものを持っていた。だから彼らの中には、満足と同時に幸福に感じて死んだ者がいた。そして、そんなふうに死んでいった者は、その生死ともに少なからず社会的な価値を持つことができたのである。

　如意輪堂《にょいりんどう》の扉に梓弓《あずさゆみ》の歌を書き残した楠木正行《くすのきまさつら》[15]は、年《とし》わずかに二十二歳で戦死した。忍びの緒《お》［兜《かぶと》の緒］を切って、兜に名高いお香《こう》をたいて薫《かお》りを深くしみ込ませていた木村重成《しげなり》[16]もまた、わずか二十四歳で戦死した。彼らはそれぞれの境遇のゆえに、天寿をまっとうすること、または病気で死ぬことすらも恥辱《ちじょく》であるとして戦死を急いだ。そして両者ともに幸福・満足を感じて死んだ。また、いずれも本当にいわゆる「名誉の戦死」であった。

　もし幕府が赤穂義士《あこうぎし》を許して死をお与えになることがなかったならば、彼ら四十七人はみな光栄ある余生を送って、終わりをきれいにまっとうできたかどうかは疑わしい。彼らの中から、ひょっとすると死よりも劣った不幸な人、または醜く恥ずかしい人を出すことはなかったであろうか。生死いずれが彼らのために幸福であったか。これは大きな問題である。とにかく、彼らは一命を捨てることを自分のなすべき務《つと》めと

10 杜甫《とほ》（七一二～七〇）のこと。盛唐の大詩人。科挙に及第せず、長安で憂苦するうちに安史の乱（七五五～七六三）に遭って四方を放浪し、五十九歳で病死。幸徳は杜少陵を餓死としているが、死因は病死のようである。

11 小野小町《おののこまち》のもとに九十九夜通ったという伝説上の悲恋の人物。

12 佐久間勉《つとむ》（一八七九～一九一〇）のこと。海軍大尉。潜水艇長として山口県新港（岩国港）沖に潜航訓練中、水没事故により殉職。艇内で死ぬまで部下を指揮し、報告を書き続けた。

13 快川紹喜《じょうき》（?～一五八二）のこと。戦国時代の臨済宗の僧。織田信長の兵に寺を焼かれ、火中に没した。このとき「心頭滅却《しんとうめっきゃく》すれば火も自《おの》ずから涼し」と唱えたという。

14 幕末の儒学者（一八〇六～五五）。安政の江戸大地震に母を助けて自分は圧死。

15 南北朝時代の武将（?～一三四八）。楠木正成《まさしげ》の子。河内《かわち》（現・大阪府東部）の四条《しじょう》畷《なわて》での最後の合戦に先だち、吉野（現・奈良県中央部）に後村上天皇をたずねた正行が、同地の如意輪堂に参詣《さんけい》し、〈返《かえ》らじと兼《かね》て思へば梓弓なき数にいる名をぞとどむる〉の和歌一首を書きしるした。

16 安土桃山時代の武将（?～一六一五）。大坂夏の陣で戦死。その首が徳川家康のもとに届けられたとき、頭髪に香がたきこまれていた。

わきまえて、満足し幸福に感じて、切腹した。その満足感・幸福感の強さは、七十《ママ》余歳［実際は六十三歳、あるいは六十四歳で没］の吉田忠左衛門《ちゅうざえもん》[17]も、十六歳の大石主税《ちから》[18]も、同じであった。その死の社会的な価値もまた、長生きするか、年若くして死ぬかには関係がないのである。

人生、死にどころを得ることはむずかしい。正行も重成も主税も、短命であり、しかも若い健康な身体に逆《さか》らう不自然な死ではあったが、しかしよくその死にどころを得たものと私は思う。その死は、彼らのために悲しむよりも、むしろ祝うべきものだと思う。

(四)

そうは言うけれど、私は決して長寿を嫌うのではないし、それが無意味だというのでもない。命あっての物種《ものだね》である。その生涯が満足で幸福なものならば、むろん長いほどよいのである。そのうえ、千年後の人々にも導きの光となり、深い感動を与えるような人格をもつ人間になることとか、偉大な事業のめぐみを万人に与えるようになるには、長い年月を要することが多いのはいうまでもない。

伊能忠敬《いのうただたか》[19]は五十歳から、当時三十余歳の高橋左衛門《ママ》[20]の門に入って測量の学を修め、七十歳を超えて、日本全国の測量地図を完成した。趙州和尚《じょうしゅうおしょう》[21]は、六十歳から参禅修業を始めて、二十年を経てようやく大悟《だいご》徹底し、それ以来四十年間、衆生《しゅじょう》を化度《けど》[22]した。釈尊《しゃくそん》［ブッダ］も八十歳までの長い間、在世されたからこそ、仏日《ぶつにち》［仏《ほとけ》を太陽にたとえていう語］はこれほど広大に輝きわたるのであろう。孔子も「五十にして天命を知

17　赤穂義士の一人。義士のうち最も高齢であった。
18　赤穂義士の一人で、良雄の嫡子《ちゃくし》（一六八八～一七〇三）。父と共に吉良邸の討入に加わり、翌年切腹。
19　江戸後期の地理学者・測量家（一七四五～一八一八）。五十六歳から七十二歳までの間、幕府の事業として伊能（測量）隊を組み、日本全国を測量。その成果が日本で最初の近代科学的地図（伊能図）となる。
20　高橋至時《よしとき》（一七六四～一八〇四）のこと。江戸後期の天文学者。麻田剛立《あさだごうりゅう》（一七三四～一七九九）に天文暦学を学び、各種観測器械を工夫、実測。幕府天文方となり、寛政暦を完成。
21　趙州従諗《じゅうしん》（七七八～八九七）のこと。中国唐代末の禅僧。百二十歳の長寿をまっとうした。
22　教化済度《きょうけさいど》のこと。衆生を教え導いて救うこと。

り、六十にして耳順《したが》い、七十にして心の欲するところに従って矩《のり》をこえず」と言った〔『論語』為政〕。老いるに従って、ますます見識は高くなり、徳は進んだのである。

もちろん、このような非凡な健康と精力とをもって、その寿命を、人格を磨《みが》き事業を完成することに利用し得る人々にあっては、長寿は最も尊く貴重であり、同時に幸福である。

しかし前に言ったように、このような生まれつきの素質に恵まれ、このような境《きょう》遇《ぐう》・運命に出会うことのできる者は、今の社会にはまったく千百人中の一人であって、他はみな不自然な若死にを甘受するほかはない。たとえ偶然にもその寿命だけを保つことができたとしても、健康と精力に欠けていて、永く困窮・憂苦の境涯に陥《おちい》って、自ら楽しまず、世の中の役にも立たず、ボンヤリと日を送るくらいならば、かえって若くして死ぬほうがましではないか。

考えてみれば、人が老いてますます活力があるというのはむしろ例外で、ある年齢を過ぎれば心身ともに衰えていくだけである。人々の遺伝的な素質や、周囲の環境や、社会的な地位や立場の違いによって、その年齢は一定しないが、とにかく人生には一度、健康・精力が旺盛《おうせい》の絶頂に達する時代がある。いいかえれば、いわゆる「働き盛り」の時代がある。だから道徳・知識のようなものでは、ずいぶん高齢に至るまで進歩し続けるのを見ることも多いが、元気・精力を必要とする事業については、この「働き盛り」を過ぎてしまうと、ほとんどダメで、そうなるとどんな強弩《きょうど》［勢いの強い石弓《いしゆみ》］も、魯縞《ろこう》［魯の国が産出する白絹。薄手で、織《お》りのキメが細かい］に穴をあけることができず、若いときに麒麟《きりん》［傑出した人物］だったものも、老いてはたいてい駑《ど》馬《ば》［才能のとぼしい人］となってしまうのである［『戦国策』］。

　力士などは、それが最もはっきりわかる例である。文学・芸術のようなものでも、不朽《ふきゅう》の傑作というものは、その作家が老成し熟成した後よりも、むしろまだあまり有名ではない時代の作品に多いのである。革命運動のように、最も熱烈な信念と気合いと度胸と精力とを必要とする事業は、ことに若くて元気のいい立派な人物に期待しなければならない。古来の革命は、つねに青年の手によってなされたのである。維新の革命に参加して最も大きな働きをした人々は、当時みな二十代から三十代であった。フランス革命で重要な役割を演じた中心的な人物である、ロベスピエール[23]もダントン[24]もエベール[25]も、ギロチンにかけられた時は、いずれも三十五、六であったと記憶する。

　そしてこの働き盛りの時において、あるいは人道のために、あるいは事業のため、あるいは恋愛のため、あるいは何かをしようという強い意欲のために、とにかく自分の命よりも重いと信じるもののために、力の限り働いて、倒れたらそれでオシマイ、ということにするのは、まず死にどころを得たものである。そういう死が社会と人心に影響と印象を与えるところも、決して浅くないのである。これは、だれにとっても満足すべき時に死ななければ、死にまさる恥があるということであり、現に私は、その死にどころを得なかったために、気の毒な生き恥をさらしている多くの人々を見るのである。

一昨年の夏、ロシアから帰国する途中の船の中で死んだ長谷川二葉亭《はせがわふたばてい》［二葉亭四迷］を、日本国民がみな悼《いた》み悲しんでいた頃であった。杉村楚人冠《そじんかん》[26]は私に、ふざけて言った。「君も、先年アメリカへの往きか帰りに、船の中ででも死んだら、偉いもんだったがなあ」。彼の発言は冗談である。けれど実際、私としてはその当時が死すべき時であったかもしれない。死にどころを得なかったために、今の私は「偉いもんだ」にならないで「馬鹿なヤツだ」「悪いヤツだ」になって、生き恥をさらしている。もしこのうえ生きれば、さらに生き恥が大きくなるばかりかもしれない。

だから短命なる死、不自然なる死ということは、必ずしも嫌悪し、悲しみいたむべきではない。もし死というものに、忌み嫌うべき悲しみいたむべきものがあるとすれば、それは多くの不慮の死、覚悟のない死、安心のない死、もろもろの妄執と愛着を断つことができないことによる心中の憂いと悶《もだ》えによる死、あるいは病気や負傷による肉体の苦痛をともなう死である。今や私は幸いにして、これらの条件以外の死を遂げるべき運命を受けることができたのである。

天寿をまっとうするのは、今の社会ではだれにとっても至難《しなん》のわざである。そして、もし満足に、幸福に、しかもできるならばその人の分相応——私は分に過ぎることを

23　フランス革命の指導的な政治家（一七五八〜九四）。一七九四年春、エベール派とダントン派を相次いで処刑。それによりロベスピエールの支持基盤は狭くなり、同年、テルミドールの反動で失脚、処刑された。

24　フランス革命期の政治家（一七五九〜九四）。ジャコバン派の一指導者として恐怖政治を行ったが、穏健な方針を唱えロベスピエールらと対立、処刑された。

25　フランス革命期の政治家（一七五七〜九四）。ジャコバン独裁の末期、革命政府に対する蜂起を提唱したために検挙され、処刑された。

26　本名・広太郎（一八七二〜一九四五）。新聞記者。リベラルな精神の持ち主であり、また名文家でもある。

期待しない――の社会的な価値をもって死ぬとすれば、病死も、餓死も、凍死も、溺死も、焚死も、震死も、轢死も、縊死《いし》も、負傷による死も、窒息死も、自殺も、他殺も、悲しみいたむべき、忌み嫌うべき理由はないのである。

そうだとすれば、では刑死はどうか。それが生理的に不自然なことにおいては、右に挙げた様々な死と異なるところがあるだろうか。これらの死よりも、刑死のほうをいっそう嫌悪し、悲しみいたむべき理由があるだろうか。

（五）

死刑は、最も忌まわしく、恐るべきものとされている。しかし私には、たんに死の方法としては、病死そのほかの不自然な死と大きなちがいはない。そして、死についての十分な覚悟をすることができ、肉体の苦痛をともなわないことでは、むしろほかの死に優《まさ》っていて、すこしも劣るところはないのではないかと思う。

それでは世の人が死刑を忌まわしく恐るべきものとするのは、なぜだろうか。いうまでもなく、世の人は、死刑に処せられるのは必ず極悪人《ごくあくにん》、重罪人であることを示すものだと信じるからであろう。死刑に値するほどの極悪・重罪の人であることは、家《いえ》柄《がら》の汚《けが》れ、末代《まつだい》までの恥辱、親戚朋友《ほうゆう》の面汚《つらよご》しとして、忌み嫌われるのであろう。すなわち、その恥ずべき、忌むべき、恐るべきことは、死刑によって死ぬということにあるのではなく、死者その人の極悪の性質、重罪の行いにあるのではないか。

フランス革命に登場した残忍で強暴な男マラー[27]を一刀《いっとう》のもとに刺殺して、「わたくしは万人を救うために一人を殺した」と法廷で公然と述べたてた二十六歳の処女シャルロット・コルデー[28]は、処刑に臨んで彼女の父に手紙を寄せて、はっきりと強くこういう考えを主張している。「死刑台は恥辱《ちじょく》ではない、恥辱なのは罪悪だけです」。

死刑が極悪・重罪の人の処罰を目的としているのはもちろんである。したがって、古来多くの恥ずべき、忌むべき、恐るべき極悪・重罪の人が死刑に処せられたのは事実である。けれども、それと同時に多くの尊ぶべき、敬《うやま》うべき、愛すべき、善良で賢

27　フランス革命期の政治家（一七四三〜九三）。反革命派やジロンド派に対する恐怖政治を推し進めたため、ジロンド派の影響を受けたコルデー（注28参照）によって自宅で刺殺された。

28　一七九三年七月、自宅で入浴中のマラーを刺殺し、直ちに逮捕され、同月処刑された（一七六八〜九三）。

明な人が死刑に処せられたのも事実である。そして、大いに尊敬すべき善人ではないが、また大いに嫌悪すべき悪人でもない多くの小人《しょうじん》・凡夫《ぼんぷ》が、誤ってその時代の法に触れたために——単に一羽の鶴を殺し、一頭の犬を殺したということのためにさえ——死刑に処せられたのもまた、事実である。要するに、死刑によって死んだ者が必ずしも常に極悪人、重罪人だけでなかったことは事実である。

石川五右衛門《ごえもん》も、国定忠治《くにさだちゅうじ》も死刑となった。平井権八《ごんぱち》[29]も鼠小僧《ねずみこぞう》も死刑となった。白木屋《しろきや》お駒《こま》[30]も、八百屋お七《しち》[31]も死刑となった。大久保時三郎《ときさぶろう》[32]も、野口男三郎《おさぶろう》[33]も死刑となった。と同時に、他方ではソクラテス[34]もブルーノ[35]も死刑となった。ペロフスカヤ[36]もオシンスキー[37]も死刑となった。王子比干《ひかん》[38]や商鞅《しょうおう》[39]も、韓非《かんぴ》[40]も、高青邱《こうせいきゅう》[41]も、呉子胥《ごししょ》[42]も、

---

29 江戸前期の武士。遊女小紫となじみ、殺人強盗を重ね、一六七九年に鈴《すず》ヶ森《もり》で磔刑《たっけい》（はりつけの刑）に処される。歌舞伎の白井権八のモデル。

30 城木屋お駒。浄瑠璃「恋娘昔八丈《こいむすめむかしはちじょう》」の四段目。「お駒才三《こまさいざ》」の物語。

31 江戸本郷追分の八百屋太郎兵衛の娘（?～一六八三）。一六八二年一二月の大火で焼け出されて駒込の正仙寺（一説に円乗寺）に避難した際、寺小姓の生田庄之助（一説に左兵衛）と情を通じ、恋慕のあまり、火事になれば会えるものとおもい放火。捕らえられて鈴ヶ森で火刑に処せられ

たと伝える。

32 明治期の犯罪者。縮屋《ちぢみや》（縮織《ちぢみおり》を扱う商人）殺しの兇漢《きょうかん》。

33 武林男三郎（一八八〇～一九〇八）のこと。明治期の犯罪者。薬局店主殺害の罪で死刑。

34 古代ギリシアの哲学者（前四六九～前三九九）。対話により相手に無知を自覚させ、真の知識を探求する活動が誤解を受け、死刑となった。

35 ルネサンス期のイタリアの自然哲学者（一五四八～一六〇〇）。

36 ロシアの女性革命家（一八五三～八一）。一八八一年、アレクサンドル二世の暗殺を計画して、成功。

37 ロシアの革命家か。

38 殷の紂王の忠臣。紂王を諫《いさ》めて殺された。

39 中国、戦国時代の政治家（?～前三三八）。法家の学を学び、秦《しん》の孝公《こうこう》に仕え、法令を変革、富国強兵を推進。孝公が死ぬと、反対派に謀叛《むほん》の罪をきせられ、車裂きの極刑に処された。

40 中国、戦国時代の韓の王族（前二九五頃～前二三三）。秦の李斯《りし》（?～前二〇八）とともに荀子《じゅんし》（前二九八?～前二三五頃）に学ぶ。のち秦の始皇帝に認められたが、李斯にきらわれ、毒殺された。『韓非子《かんぴし》』の著者。

41 高啓《こうけい》（一三三六～七四）のこと。中国、元末・明初の詩人で明代屈指の大家。友人の罪に連坐して腰斬の刑を受けた。

42 春秋時代の楚の人（?～前四八五）。呉《ご》（春秋時代の国の一つ）の王、夫差《ふさ》（?～前四七三）を諫めて聞き入れられず、自刎《じふん》（みずから首をはねて死ぬこと）を命じられた。

文天祥《ぶんてんしょう》[43]も死刑となった。木内宗五《きうちそうご》[44]も、吉田松陰《しょういん》も、雲井竜雄《くもいたつお》[45]も、江藤新平《しんぺい》[46]も、赤井《あかい》景韶《かげあき》[47]も、富松正安《とまつまさやす》[48]も死刑となった。刑死の人には確かに盗賊《とうぞく》あり、殺人者あり、放火犯あり、乱臣賊子《らんしんぞくし》［反逆の輩］があると同時に、賢人あり、哲学者あり、忠臣あり、学者あり、詩人あり、愛国者も改革者もあるのである。以上の人物はただ、いま現在の私の心に浮かびあがるままに、その二、三を挙げただけである。もし私の手もとに東西の歴史書と人名辞書とがあったら、私は古来の死刑台が恥辱・罪悪と結びついた極《きわ》めて多くの事実とともに、さらに死刑台が光栄・名誉と結びついた無数の例を証拠として挙げることができるだろう。

たとえばスペインで宗教裁判が行われた当時を見よ。無辜《むこ》の良民が、ただ教会の信条に服従しないという嫌疑《けんぎ》のために、焼き殺された者は数十万を数えるではないか。フランス革命の恐怖政治[49]の時代を見よ。政治上の党派が異なるという理由によって、斬罪《ざんざい》［首を切る刑］となった者は、一日に数千人にものぼるではないか。日本の幕末の歴史を見よ。安政の大獄《たいごく》をはじめとして、大小各藩において、重要な地位にある人物と政治上の意見が異なるために、切られたり、死ぬことになったりした者は、数えきれないではないか。ロシアの革命運動に関する記録を見よ。過去四十年間に、この運動に参加したために、またはその嫌疑のために、刑死した者は数万人に及ぶではないか。中国にいたっては、そもそも冤罪《えんざい》による死刑は、ほとんどその五千年の歴史を

43 南宋末の忠臣（一二三六～八二）。元軍が侵入すると、任地から義勇軍を率いて上京、のち捕えられて大都（北京）に護送。フビライの帰順の勧めを拒否し、幽閉《ゆうへい》三年後に処刑。
44 木内惣五郎《そうごろう》。佐倉宗吾《さくらそうご》の別名。生没年未詳。江戸前期、下総佐倉藩領の義民。
45 幕末維新期の志士・詩人（一八四四～七〇）。米沢藩出身。明治新政府への批判を続け、謀叛容疑で梟首《きょうしゅ》（さらし首）の刑に処せられる。
46 佐賀藩出身の政治家（一八三四～七四）。板垣退助らと民撰議院設立を建白した直後、佐賀の乱（一八七四）を起こし、処刑される。
47 自由民権家（一八五九～八五）。越後国（現・新潟県）高田藩出身。高田事件（一八八三）に際して内乱陰謀のかどで重禁固九年の刑をうけ、石川島監獄に投ぜられる。翌年脱獄、逃亡したが捕らえられ死刑。
48 自由民権家（一八四九～八六）。常陸国（現・茨城県）出身。茨城県下の自由民権運動の中心的人物。加波山《かばさん》事件（一八八四）で逮捕され、死刑。
49 フランス革命の時、一七九三年五月三一日ジロンド派没落後、翌年七月二七日（テルミドール九日）までジャコバン派が行った独裁政治。投獄・殺戮《さつりく》などの苛烈《かれつ》な手段によって、反対者を弾圧した。

つらぬく特色の一つと言ってもよいほどである。

ここまで見てくれれば、死刑は、もちろんその時代ごとの法律に照らしてこの刑を科される者が多くを占めるのは言うまでもないが、しかし、だれが世界万国の有史以来の厳密な統計に基《もと》づいて、死刑はつねに恥辱・罪悪と切り離せないと断言できるだろうか。いや、死刑が意味する恥辱・罪悪のほうが、死刑にともなう光栄または冤罪よりも多いということさえも、断言できるかどうか疑わしい。これはまちがいなく一つの未解決の問題であると私は思う。

だから、今の私に恥ずべき、忌むべき、恐るべきものがあるとすれば、それは死刑に処せられることではなくて、私が悪人であり罪人である、ということでなければならない。これは私自身が論ずるべき範囲を越えているし、また私は論ずる自由を持たない。ただ死刑ということ自体は、私にとって何でもない。

考えてみると、人間には死刑に値するほどの犯罪があるだろうか。死刑は、はたして刑罰として道理にかなっているものだろうか。古来の死刑は、はたして刑罰の目的を達することにおいて、十分にその効果をあげたのかについては、長い間、学者が疑ってきたことで、これまた未解決の一大問題として存在している。しかし、私はここに死刑の存廃を論ずるのではない。今の私一個人としては、その存廃を論ずるほどに死刑を重大視していない。病死そのほかの不自然な死がやって来たのと、大きく異なるところはない。

　無常迅速《むじょうじんそく》、生死事大《しょうじじだい》[50]と仏教家はしきりにおどしている。生は時には大きな幸福ともなり、また時には大きな苦痛ともなるので、いかにも大事なことに違いない。しかし、死はどれほどの大事であろう。人間の血肉が新陳代謝をまったく休んで、肉体がバラバラに分解していくだけではないか。死が大事ということは、太古《たいこ》から知恵のある人がうち立てた一種の案山子《かかし》である。地獄と極楽の簑《みの》を着、笠《かさ》をかぶって、愛着と妄執の弓矢を肌身《はだみ》に離さない姿は、非常に物々《ものもの》しい様子である。漫然《まんぜん》として遠くから死を見ると、いかにも意味ありそうに思えるが、近づいて仔細《しさい》に見れば、何でもないのである。

50　人の世の移り変わりはきわめて早いので、漫然と時を過ごさず、いかに生き、いかに死ぬかをよく考え行動する（仏教者ならば修行する）ことが大事、というほどの意味か。「無常迅速也、生死事大也、暫《しばらく》く存命の間、業を修し学を好マンには、ただ仏道を行じ仏法を学すべきなり」（『正法眼蔵随聞記《しょうほうげんぞうずいもんき》』二－八〈筑摩書房／水野弥穂子訳〉）。

私は必ずしも、しいて死を急ぐ者ではない。生きられるだけは生きて、個人的には生を楽しみ、生を味わい、社会的には世の中の利益となるように生きるのが当然だと思う。だからといってまた、かりそめにも生を貪《むさぼ》ろうとする心もない。病死と横死《おうし》［災難による死］と刑死とを問わず、死すべき時がひとたび来たならば、十分な安心と満足とをもって死に就《つ》きたいと思う。

今や、すなわちその時である。これが私の運命である。以下、少しばかり私の運命観を語りたいと思う。［未完］

解説　幸徳秋水——日本における反戦思想の源流

山田　博雄

『二十世紀の怪物　帝国主義』と「死刑の前」

本書は、秋水・幸徳伝次郎（一八七一〜一九一一）の生涯で最初の著書にして代表作の一つ『二十世紀の怪物　帝国主義』（一九〇一。以下『帝国主義』とも略記）と、獄中で書かれて未完のまま絶筆となった「死刑の前」（一九一一）とを併せて一巻とし、それを現代語訳したものである。幸徳二十九歳から三十九歳までの著作活動における、いわば原点と人生最後の文章とによって構成されている。以下、主として『帝国主義』に係わる側面を中心にみていこう。

「帝国主義」とは何か

「帝国主義」とは、幸徳の定義によれば「「愛国心」を経《たていと》とし、「軍国主義《ミリタリズム》」を緯《よこいと》として、織りなされた政策」である。別の言葉でいえば、「卑しむべき愛国心を行動にうつすために、悪《にく》むべき軍国主義をもってする、ひとつの政策の名称にすぎない」（本書175頁。以下本書からの引用はたんに頁数だけを記す）。

『広辞苑』（第六版）によれば、「①軍事上・経済上、他国または後進の民族を征服して大国家を建設しようとする傾向。②狭義には、一九世紀末に始まった資本主義の独占段階。レーニンの規定によれば、独占体と金融寡頭《かとう》制の形成、資本輸出、国際カルテルによる世界の分割、列強による領土分割を特徴とする」。

「帝国主義」の時代

幸徳の『帝国主義』は、『広辞苑』の定義①に重点があるが、当然②にも係わるだろう。つまり国家による「軍事上・経済上、他国または後進の民族を征服して大国家を建設しようとする傾向」、そして「列強による領土分割」に対して、幸徳ははっきりNO！　という。『帝国主義』は、徹底して反戦を説き、戦争がいかに百害あって一利なしであるかを、正確に、具体的に、冷静に分析しつつ、情熱をこめて語る。

しかしこの書が刊行された時代は、いくらか誇張していえば、猫も杓子《しゃくし》も世界の中心で「帝国主義」を叫ぶ、――という次第で、「いま、「帝国主義」の流行はなんとも勢いのいいことだ」という時代だった。

たとえばヨーロッパ列強によるアフリカ大陸の分割。そのアフリカ分割の面積を百分率でいえば、一八七六年には一〇・八％だったものが、一九〇〇年には九〇・四％にまでなっていた（レーニン『帝国主義論』光文社古典新訳文庫、二〇〇六年、152頁参照）。凄《すさ》まじいばかりの領土分割・領土獲得競争である。

十九世紀の、ことに八〇年代から、かくも激しい「帝国主義」が世界で吹き荒れた。ただし、吹き荒れて損害をこうむったのは、ほとんどすべてアフリカ・アジア諸国だけである（いや、ヨーロッパ列強の兵士やその家族なども含めれば、かれらもだ。144頁以下）。

そのアジアの片隅《かたすみ》に位置する日本は、同じ十九世紀の七〇年代に入ってから近代国家建設を急ぎ、広く世界に知識を求めて出発したばかり。それがいきなり「帝国主義」の時代に直面した。むしろ直面したからこそ、日本は近代国家建設への模索が本格化したともいえよう。中国・朝鮮についても、基本的に状況はほぼ同じ。

そのとき日本国の独立維持はどうなるのか、どうするのか。日本一国で独立を保つことは可能か（これが「脱亜入欧」的解決法）。アジア諸国との連帯なしには難しいのではないか（こちらは「大アジア」的解決法）。いや、そもそもそれ以外の解決法の可能性は存在しないのか……。

幸徳の師、中江兆民（一八四七〜一九〇一）が『三酔人経綸問答』（以下『三酔人―』とも）のなかで、三人の酔っぱらいに議論させていたのは、まさしくこのような問題だった。

いうまでもなく、現実の日本はその後、欧米の「帝国主義」に追随し、その最後発国として、『三酔人―』の「豪傑」君の方向へ、つまり中国大陸進出に――さらには太平洋にまで――乗りだす。すなわちアジア・太平洋戦争に突入していった（誤解をさけるためにあえて注釈すれば、「豪傑」君は、暴力的な一面は否定できないが、頭脳明晰、狂信的でなく、醒《さ》めた認識の持ち主であって、二十世紀の「超国家主義」とは思想的に切れている）。

アジア・太平洋戦争は一九四五年、日本の敗戦で幕を閉じ、日本帝国は崩壊、新しい価値観のもとで新たな国家建設をめざして動き出す（動き出したはず）。

幸徳は、師である中江の『三酔人―』に出てくる「豪傑」君でなく、ある面で「南海先生」に共通し（「恩賜《おんし》的民権」から「恢復《かいふく》的民権」へ。幸徳秋水『兆民先生』）、多くは「洋学紳士」君の考え方を継ぐように、『二十世紀の怪物 帝国主義』を提出した。この本が刊行されたのは、中江が亡くなり、二十世紀が始まった、まさにその年であった。幸徳、二十九歳。

『三酔人―』と『帝国主義』の間にあるもの

ただし、一八八七年に出た『三酔人―』と、一九〇一年の『帝国主義』との間で、歴史状況はちがう。日清戦争（一八九四～一八九五）の存在である。日清戦後、日本は資本主義の発達と格差社会の出現をみた。産業革命が進行し、それにともなう労働問題や貧民問題などの「社会問題」が発生した（たとえば70頁以下）。

それは国家予算のじつに半分を軍事費に使うという途方もない国家経営、軍国主義化の裏面でもあった（178頁以下）。戦争に勝って、むしろ国民の生活は苦しくなっているではないか。道徳的頽廃《たいはい》もある（たとえば66頁）。

なぜそんなことになるのか。ロシア・フランス・ドイツの腕力（軍事力）によって、屈服させられた事実が大きな理由だった。すなわち戦争に勝って日本が中国から獲得した遼東《りょうとう》半島を、そのまま還付《かんぷ》させられた事実である（「三国干渉」）。

これを屈辱として、日清戦後、ヨーロッパ列強、ことに隣国ロシアに復讐《ふくしゅう》するために艱難辛苦《かんなんしんく》する「臥薪嘗胆《がしんしょうたん》」が日本のスローガンになった。日本政府は列強と同じ土俵にあがるべく、軍事力の強化へと向かい、国民は協力を強いられた。日清戦争とその勝利の後に、日本もいよいよ本格的に「帝国主義」政策に乗り出すことになる。幸徳の『帝国主義』が書かれたのは、その時だ。その先には日露戦争が続くだろう。

幸徳の思想形成——戦争と中江兆民

幸徳の思想形成にとって重要な要素の一つは戦争、もう一つは中江兆民の存在である（もちろん他にもあるが、いまその思想の核心部分の形成についていう）。

幸徳は「帝国主義」の時代に生きて、その生涯は戦争とともにあった。日本のことでいえば、日清戦争があり、日露戦争（一九〇四〜一九〇五）がそれに続く。幸徳の二十二歳から三十三歳までの間のことで、日清・日露の戦間期に、幸徳は自らの思想の種子を成長させていったといえよう。その種子は、自由民権の思想家「東洋のルソー」中江兆民からきた。

幸徳にとって、中江の影響は大きい。十七歳のとき、幸徳は中江家に書生となって住み込んだ。

幸徳の思想の種子は何か。『帝国主義』刊行後の文章だが、週刊『平民新聞』創刊号（一九〇三年一一月一五日）の「宣言」と「発刊の序」のうちに、端的に表現されている。

すなわち「自由、平等、博愛」（「宣言」）であり、「人類同胞」を「平民主義、社会主義、平和主義の理想境《きょう》に到達せしむる」（「発刊の序」）ことである。これらはほとんどそのまま、『三酔人──』の「洋学紳士」君の主張に近い。

『三酔人──』の中江から『帝国主義』の幸徳へ。その思想史的な意味は、かくして自由民権を踏まえて、その上に社会主義を加え、さらに徹底して平和主義を推し進めるところにある（なお、幸徳の『帝国主義』に対して、遠くから広く深い思想的影響を与えたのが中江の『三酔人──』であるとすれば、より近くから、より直接的に、歴史の具体的事例の引証などについて影響を与えた──または幸徳がしばしば「借りた」──のは、ロバートソンの『愛国心と帝国』〈101頁注29参照〉である。この点については、山田朗「幸徳秋水の帝国主義認識とイギリス「ニューラディカリズム」」〈『日本史研究』一九八四年九月〉に詳しい。ちなみに、幸徳が自らの『帝国主義』を「著」といわず、「述」とすると記している〈「三つの前置き」参照〉意味の一端は、右ロバートソンの本に依拠した部分のあることにも関係するだろう。しかしここでは立ち入らない)。

日清戦争

『帝国主義』は、日清戦後——日露戦前でもある——に書かれた。この書は日清戦争の経験を反映するだろう。

よく知られているように、福沢諭吉(一八三五〜一九〇一)は、日清戦争における勝利の喜びをこう表現した。

顧《かえり》みて世の中を見れば堪《た》え難《がた》いことも多いようだが、一国全体の大勢は改進々歩の一方で、次第々々に上進して、数年の後その形に顕《あら》われたるは、日清戦争など官民一致の勝利、愉快とも難有《ありがた》いとも云《い》いようがない。命あればこそコンな事を見聞するのだ、前に死んだ同志の朋友が不幸だ、ア、見せて遣《や》りたいと、毎度私は泣きました(『福翁自伝』)。

この異様なほどの喜びようは何故か。

日清戦争の勝利は、一面では開国以来の日本が行ってきた近代国家建設に対する、一つの〝好成績〟と受けとられた。その一面は、対内的には明治日本の国力に対する自信となり、対外的には中国に対する脅威意識の減少（または侮蔑意識の増大）などになる。

いいかえれば、日本国の近代化過程の成果は、日清戦争前にはまだ半信半疑のものだった。なるほど憲法はできた（一八八九）。国会はできた（一八九〇）。しかし国際的に十分、独立国として認められているのか。なにしろ世界は「帝国主義」の時代である。日本は世界に通用する実力があるのかどうか。現に、領事裁判権はまだ撤廃されず（一八九九年撤廃）、関税自主権はまだ回復されていない（一九一一年回復）。

そういう状況下での日清戦争の勝利である。福沢が「愉快とも難有いとも云いようがない」と表現した大きな理由は、そのような背景抜きには考えにくい。もっとも、福沢は一筋縄ではいかない思想家だから注意を要する。右のように言いつつ、他方では日清戦後の日本社会に「無限の苦痛」を感じていたし、あるいは「俗中之モラルスタンドアルド」つまり、人々のモラルが高くないことが、「終生之遺憾《いかん》」と述べていた（日原昌造宛書簡『福澤諭吉書簡集』第八巻、一七三頁）。だから福沢は、自伝にいうほど単純に日清戦争の勝利に酔っていたわけではない（しかも、先にみたとおり、一方からいえば日清戦争の勝利に続く「三国干渉」が、列強に対して日本はまだまだであることを示していた）。

たしかに「終生之遺憾」という点では、福沢は幸徳に共通する。しかしまた、たしかに「日清戦争など官民一致の勝利、愉快とも難有いとも云いようがない」という点では、福沢は幸徳と対立する。

『帝国主義』における日清戦争中の世相の描写と、それに対する幸徳の批判はこうだ。

日本人の愛国心は、日清戦争に至って史上空前の大爆発を引きおこした。日本人が清国人を侮蔑《ぶべつ》し、ねたましいと思って見、そして憎悪する様子といったら、まったくなんと形容していいかわからないほどであった。……ほとんど清国四億の人民を皆殺しにしなくては満足できないかのような激情にかられていた。……こんな状況はほとんど狂気のなせる業《わざ》ではないか（66頁）。

愛国心、中国人への侮蔑、ねたましさ、憎悪、激情……。幸徳の批判は的確だ。『二十世紀の怪物 帝国主義』は、よほどボンヤリ読むのでない限り、二十一世紀の日本社会にも（他の社会にも？）突き刺さる書だ。

幸徳『帝国主義』の評価をめぐって

今日、幸徳の『帝国主義』は多くの場合、ホブソンの『帝国主義論』（一九〇二）、あるいはそのホブソンの『帝国主義論』を読み込んで書かれた、レーニンの『帝国主義論』（一九一七）とともに言及され（ヒルファディング『金融資本論』〈一九一〇〉を含む場合もある）、それらより何年早かった、という程度（？）の評価で、それ以上にはあまり云々《うんぬん》されないのではないか。といえば極端だろうが、しかし、曰く、経済的分析に弱い、曰く、道徳的倫理的色彩の濃い議論、曰く……、という式の評価がある。

なるほどその批判の当たっている一面はあろう。しかしそれは、たとえばレーニンの『帝国主義論』に寄りかかって、それからみると幸徳の『帝国主義』は、といった裁断《さいだん》ではないだろうか。幸徳の『帝国主義』とレーニンの『帝国主義論』とでは、時代がちがい（日本＝日清戦後、ロシア＝第一次世界大戦勃発後）、社会がちがう（日本＝過重な軍事予算、ロシア＝経済的基盤の弱さなど）。右のような評価法は、あるいは「欠如理論」、つまりあれが無い、これが欠けている、という「ないものねだり」的な評価の仕方、または「あれはもう古い」という明治維新以来、今に至るまで、連綿として続くそれ自体が「古い」発想による評価かもしれない。

ともかくも、幸徳が世界で初めて「帝国主義」を分析してみせた事実は否定できない。いや、幸徳『帝国主義』の評価についてここであれこれ言う必要はないかもしれない。というのは、あらゆる古典がそうであるように、『二十世紀の怪物 帝国主義』は、硬直した物の見方では捉えられない、豊かな内容を含んでおのずから輝いている書物だからであり、文学（次の項目参照）と社会科学が――かりに今日からみて未熟であるとしても――、渾然《こんぜん》一体となった思想的エッセイ（試み）だからである。その意味で幸徳の『帝国主義』は、内田義彦のいう「作品としての社会科学」たり得ていよう。論より証拠、本書を一読されれば、その面白さ・広さ・深さを感じとられるにちがいない。

同時代の『帝国主義』評の一側面——詩人・文章家、幸徳秋水

『二十世紀の怪物 帝国主義』の再版には、この書にかんする十六本の紹介・批評記事が載っている。大方《おおかた》、好評をもって迎えられた。すなわち十六本中、幸徳の議論に賛成十三本、反対二本〈政府系の『東京日日新聞』など〉、どちらとも言えない（「説の当否は之《これ》を断じ難き」）が一本（『時事新報』）——（『初期社会主義研究』〈第一四号、二〇〇一年〉には、『帝国主義』第三版〈一九〇三年一〇月一〇日発行〉に拠《よ》って、これら十六本が〈他の一本を加えて〉、紹介されている）。

それらを通読して興味深い点を一つだけ挙げれば、幸徳の文章を高く評価している記事の多いこと。

「一篇の帝国主義、実に無韻《むいん》の詩を読むの感なくんばあらず」（『万朝報』）、「幸徳秋水氏は能文《のうぶん》の士にして…」（『労働世界』）、「文章に一種の詩的趣味を帯び…」（『朝日新聞』）、「雄健熱烈《ゆうけんねつれつ》なる秋水の文の妙《みょう》に至っては必ずしも吾の説くを要せざる所」（『中国民報』）、「文章最も流麗《りゅうれい》にして趣味に富み文学上の著作として十分の価値あり」（『時事新報』）……。（ルビは筆者による。）

残念ながら、現代語訳ではこれはわからない。原文に就《つ》いて読者みずから読まれたい。幸徳が名文家であるのはよく知られた事実だが、文章の上手《うま》さは重要だ。「何を書くか」だけでなく、「いかに書くか」を工夫すればこそ、多くの読者に読まれるのだから。その文章力の養成も、中江兆民の教えによる（幸徳『兆民先生』）。

ちなみにいえば、幸徳の文章の上手さを知るには、次の書が好都合である。伊藤正雄編『明治人の観た福澤諭吉』（慶應義塾大学出版会、二〇〇九年）。この本は、幸徳も含めて思想家、ジャーナリスト、宗教家、教育家、作家など、二十七人の計四十六篇の福沢論を、諸種の文献から抄録して成ったもの。その時代の文章を並べて読み比べると、幸徳の文章が断然光っていることがわかる（はず）。

『二十世紀の怪物　帝国主義』——忘れさせられた古典か

「「帝国主義以外はまったくとるに足りない」と表明しなければ、ほとんど政治家にして政治家ではなく、国家にして国家ではないかのようだ」（第一章　まえがき）という時代に提出された帝国主義批判の書・反戦の書が、幸徳の『帝国主義』だから、この書（と、その他の著作、もちろん著者の幸徳自身も）の辿《たど》った歴史は厳しい。

すなわち、一九一〇年、いわゆる「大逆事件」（幸徳事件とも。後述）の捜査が進められるなかで、『帝国主義』は発禁処分を受け、それ以後、社会主義関係の書物はほとんどが店頭から消された。ふたたびこの書が日の目を見たのは、戦後の一九五二年である（岩波文庫版の刊行）。空白四十二年、『帝国主義』はその間、社会的にはほとんど死んでいた。

その後はどうか。この一九五二年に刊行された岩波文庫版『帝国主義』も、しかし久しく品切れで、版を改め、新たに校注を加えて復活したのはつい最近、ようやく二十一世紀になってから（『帝国主義』岩波文庫、二〇〇四年六月、山泉進・校注）。

かくして幸徳の『帝国主義』は、長い間われわれ一般読者の身近にはなかった書物、じつは忘れられた古典ともいえるのではないか。少なくとも二十世紀前半においては、たしかに忘れさせられた古典にちがいない。

なぜ中江兆民『三酔人経綸問答』ほど読まれてこなかったのか

では、二十世紀後半から今日までについてはどうか。はっきりしているのは、幸徳の『帝国主義』が、たとえば中江兆民の『三酔人―』ほどには読まれていないという事実である。もちろん書物の内容こそは、多くの読者獲得の最大の理由の一つにちがいない。しかし『三酔人──』ほどに読まれていない事実は、内容以前の、もっと単純な理由から説明できるように思える。

その理由の一つは先のとおり、そもそも『帝国主義』が十分手近になかったのだから、読みようがない。もう一つの理由も、おそらく複雑ではない。すなわち、現代語訳の問題である。現代語訳は古典の普及に大きく影響する。

『三酔人──』にはすでに半世紀も前に現代語訳が出ている（岩波文庫、一九六五年）。そしてほぼ毎年増刷されて今に至る（二〇一四年には光文社古典新訳文庫版も出た）。かりに現代語訳がなかったとしたら、『三酔人──』は、まず間違いなくこれほどには読まれていないはず（あの原文の、難解な漢語の多用をみよ）。

『帝国主義』にも、たしかに現代語訳は存在する。神崎清訳（一九七〇年）と遠藤利國訳（二〇一〇年）の二種。しかし神崎訳はいまでは入手困難、訳語の古さ、または風流さ（?）も否定できない（たとえば原文の「然《しか》り」が、「さよう」と訳される）。遠藤訳は近年の訳だが、原文の漢文訓読口調を尊重し、原文のままの語句も多い（「虚誇」「綱紀弛緩」「厓山の沖合いの舟の中で大学を講ずるようなもの」……）。「現代語」訳として、難しさは残る。

要するに、『三酔人―』に比べて『帝国主義』が読まれてこなかった理由は、結局、一般読者が接近するには、ごく基本的な難点がいくつかあったから、ということではないだろうか。

幸いにして先のとおり、『帝国主義』は新たな校注を加えられ文庫版で再登場した。ただ『三酔人―』とは異なり、そこに現代語訳は付されていない。『帝国主義』の原文は、今日ふつうの学力（義務教育終了程度）をもつ日本語の話し手が、語学的にスラスラ読めるもの、とは必ずしもいえない。またもちろん、内容的に時代背景を知らなければ十分にはわからない部分もある。本書がいくらか詳しく注をつけた理由は、それである（なお、本文中にある小見出し〈たとえば「帝国主義は野原を焼く火である」〉は、原本では、頭注《とうちゅう》〈または眉批《びひ》とも〉として、本文上部の欄外に表記されているものである。本書では、それを小見出しとした）。

「大逆事件」――近代日本の裁判史上、最大の〝暗黒裁判〟

幸徳の『帝国主義』が忘れさせられた古典であるというのは、「大逆事件」に係わる。この事件は、幸徳秋水の名前と切り離せない（現に「幸徳事件」ともいう）。

「大逆事件」は、ごく簡単にいえば、幸徳秋水が首謀者となって、社会主義者・無政府主義者が、天皇を爆弾によって殺害しようと計画したとされる事件で、実際のところは、政府がそれを理由にして、これらの主義者の徹底的な撲滅をはかった事件である。

検挙者は全国で数百名にのぼり、そのなかの二十六名が大逆罪にあたるとして起訴され、十分な裁判もなされず、ほとんど非公開のうちに（判決だけ公開）、きわめて短期間で、大逆罪により二十四名に死刑判決が下され（そのうちの半数十二名は特赦によって無期懲役に減刑）、死刑判決から一週間ほどで、幸徳や同志だった森近運平《もりちかうんぺい》や管《かん》野《の》スガら十二名が死刑（絞首刑）執行された事件である。この弾圧によって、社会主義運動は、以後しばらく「冬の時代」に入ることになる。

「大逆事件」は、国家権力によりでっちあげられた、いわゆるフレームアップ事件であり、この裁判は、近代日本の裁判史上、最大の〝暗黒裁判〟とされる。そのことに、今日まず疑いの余地はない（たとえば「獄中から弁護人に送った手紙」をみよ。幸徳秋水著『平民主義』神崎清訳、中公クラシックス、二〇一四年、所収）。

証拠はきわめて薄弱だったにもかかわらず、なぜ幸徳が捕まり、取り返しのつかない死刑に処せられたのか。その理由というのは、結局のところ、幸徳が〝事件に関係ないわけがない〟という、まったく官憲の推量だけでしかなかった。

「私はどのようにしてこんな重罪を犯したのであるか。その公判でさえ傍聴を禁止された現在の状況にあっては、もとより十分にこれを言う自由を私は持っていない。百年の後、誰かがあるいは私に代わって、私が重罪を犯したという理由を問いただしてくれるかもしれない」（「死刑の前」、187頁）。

百年の後——それほどの時間さえ必要ではなかったが——、たしかに幸徳（や森近運平など）の思いは果たされて、「大逆事件」にかんする研究は続く。

「大逆事件」への反響

反響は大きかった。日本の文学者で反応の早かったのは徳冨蘆花《とくとみろか》で、幸徳処刑の一週間後にはすでに第一高等学校という公開の場で「謀叛論《むほんろん》」を語り、政府批判を展開した。そのほか石川啄木、森鷗外、永井荷風などがそれぞれ政府に批判的な文章を書いた。

日本だけではない。「大逆事件」は全世界に衝撃を与え、米・英・仏などで抗議運動が起こり、社会主義者たちが日本政府に対して抗議し、質問を浴びせた。たとえばニューヨークでの反応はこうだ。

「我々は、人類愛と国際的連帯の名において、友人である幸徳伝次郎とその仲間たちに下された無法で不正な判決に対して強く抗議する。日本政府はスペインやロシアのように知識人にたいして野蛮に対応しているのか」(アメリカのアナキスト、エマ・ゴールドマンらによる、日本政府にたいする「抗議電報」)。

「そもそも幸徳伝次郎は知的な研究に従事しており、西洋思想を日本に普及させようとした人物であって、……皇帝に対する陰謀なるものは虚偽であると確信している」(同「アピール」)――(以上、山泉進「「大逆事件」のニューヨークへの到達」、山泉進・編著『大逆事件の言説空間』論創社、二〇〇七年、二八一～二八二頁)。

見出された「死刑の前」

「死刑の前」は、幸徳が「大逆事件」で監獄《かんごく》に収容されているときに書かれた。

この文章が一般に知られるに至る経緯《けいい》を述べた文章がある。それは「死刑の前」が活字本化された初出の雑誌『世界評論』(世界評論社、一九五〇年五月号)に付けられた編者まえがきで、「大逆事件」裁判の審理の不十分さや死刑執行の異様な早さ、あるいは官吏《かんり》の幸徳に対する扱い、そして見出された「死刑の前」のいきさつなどを、生き生きと伝えている。

そこで、ここにその全文を掲げよう。

秋水は明治四三［一九一〇］年六月に大逆事件のかどで逮捕され、四四［一九一一］年一月一八日死刑の判決をうけ、それより死刑執行の二四日までの間に『死刑の前』を書き、刑に臨む心境を書きつづつたが、第一章を書いたままで刑を執行され、第二章以下は永遠の未完におわつた。手記は遺族に下げ渡すという典獄《てんごく》との諒《りょう》解《かい》のもとに筆をとつたものだが、典獄は約を果さず、司法省あたりの金庫に終戦まで埃《ほこり》をかぶつて放置されたままであつた。その後偶然の機会から人民社社長佐和慶太郎氏の手に入り、今日発表の機会をえたものである。普通、死刑の宣告から執行まで六十日ぐらいの時日があるものだが、明治政府はわずか一週間で秋水の生命を断ち、ために貴重な手記も、未完とならざるをえなかつた。手記の書きかけを処理したいという秋水の希望も容《い》れられなかつた。『死刑の前』を発表するにあたり、快よく借《ママ》し与えられた佐和氏ならびに上述の事情を調査して下さつた神崎清氏の御好意に深く謝する次第である。（引用にあたり、漢字は今日通行の文字に改め、ルビをつけ、［　］内に西暦を付した。なお、今日「死刑の前」入手経路など、その詳細については不明である）

「死刑の前」――中江兆民の影響

「死刑の前」は、計画では全部で五章が考えられていた。――第一章　死生／第二章　運命／第三章　道徳―罪悪　意思自由の問題／第四章　半生の回顧／第五章　獄中の生活――

「第一章　死生」を書き終えたところで幸徳は処刑された。章立ての構想からみれば、中江兆民の影響、ことにその絶筆『続一年有半』（一九〇一）の影響が明らかだろう。第三章の「道徳―罪悪　意思自由の問題」など、そのまま『続一年有半』が扱う問題にほかならない（同書「第二章再論」（十六）断行、行為の理由、意思の自由、（十七）自省の能、など）。

幸徳も、哲学的には唯物論・無神論の立場を貫こうとしていたようである。ただ、中江は病死、幸徳は国家権力による死の強制という点で、その死の意味は大きく異なる、少なくともその社会的な意味は。

『帝国主義』へのはしがき

最後に、内村鑑三の「『帝国主義』へのはしがき」について。
「人類の歴史は、たえず信仰と腕力が勝ち負けを争う歴史である」。——この恐るべき要約力！　人類史はある意味で、つまるところ、この一行に要約されてしまうのか。そんなバカな。いや、まさしく内村のいう通り。

読者がこれをどう受けとるにせよ、そもそもこういう要約の仕方・問題のとらえ方自体が、じつに興味深い。なぜなら、この一行は空理空論でなく、希望的観測でなく、また必ずしも悲観的な気分の反映でもなくて、歴史の事実に照らして各人が判断できる（だろう）ことだからである。

ただし、あえて注釈をつければ、内村のいう「信仰」は、最も広い意味で「言葉」に置き換えたほうが適切かもしれない。かりに「信仰」が「宗教」に等しいと考えると、それに由来する戦争は、歴史上いくらでもあるからだ。一方、「腕力」は、象徴的な意味で「戦車」と言い換えてもよかろう。すると、こう言える。「言葉」と「戦車」が勝ち負けを争う歴史、それが「人類の歴史」だ、と。しかし内村は「言葉」と「戦車」のどちらか一方がすべてを支配する、とは言っていない。両者の争うのが人類の歴史であり、その歴史は過去から現在を通って未来へと続くのだろう……。

「言葉」か、「戦車」か。——「進歩か、腐敗か。福利か、災禍か。天使か、悪魔か」(24頁)。そのどちらに向かうつもりなのか。

幸徳の『二十世紀の怪物　帝国主義』は、二十世紀の歴史を突き抜けて、二十一世紀のわたしたちにそう問いかけているかにみえる。

幸徳秋水年譜

一八七一年（明治四）
九月二三日（陽暦一一月五日）高知県幡多郡中村町《まち》に生まれる。本名、伝次郎。父篤明、母多治の三男三女（または二女か）の末子。幸徳家は町老役《ふけやく》（町年寄《どしより》）の家柄で、酒造業と薬種屋を兼業。秋水の号は後年、師となる中江兆民の命名による。

一八七二年（明治五）　一歳
八月（陽暦一〇月）父篤明と死別。母子家庭となる。

一八七六年（明治九）　五歳
一〇月二八日、母多治の従兄安岡良亮（当時、熊本県令）が、神風連の一党におそわれ、五二歳で亡くなる。一二月、中村小学校下等第八級に入学。

一八七九年（明治一二）　八歳
木戸明の修明舎に入る。

一八八一年（明治一四）　一〇歳
六月一四日、中村小学校上等第四級卒業。九月、中村中学校（高知中学中村分校）に入学。

一八八五年（明治一八）　一四歳
六月二〇日、中村中学校第三学年後期

＊一八七二年（明治五）までは陰暦。年齢は満年齢。

を卒業。八月、中村中学、台風で校舎が倒壊し、廃校に。この冬、学友と淡成会という結社をつくり、地蔵寺で研究会をひらく。一二月、宿毛《すくも》から来た自由党の林有造《ゆうぞう》を訪問する。

一八八六年（明治一九）　一五歳

二月、自由党総理板垣退助《いたがきたいすけ》の歓迎会に出席して、祝辞を述べる。二月二二日、高知の思想結社である遊焉《ゆうえん》義塾に身を寄せるが、四月末、腹膜炎にかかり、八月にいったん郷里中村に帰る。

一八八七年（明治二〇）　一六歳

一月、遊焉義塾に戻り、高知中学に通学。五月、中江兆民の『三酔人経綸問答』が刊行される。七月、郷里中村に帰る。八月一七日、高知に行くと称して上京。九月九日、東京着。林有造の書生となり、林包明の英学館に通学。一二月一〇日、無断欠席で高知中学を除籍される。一二月二六日、保安条例により、東京から追放される。

一八八八年（明治二一）　一七歳

一月一五日、中村に帰郷。六月二四日、宇和島に出て友人と九州を放浪。一〇月帰宅。一一月二日、ふたたび上京を企てるが、大阪で横田金馬の紹介で中江兆民の書生となる。この兆民との出会いは、その後の幸徳の生き方に大きな影響を与えることになる。

一八八九年（明治二二）　一八歳

一〇月五日、中江兆民の家族とともに上京。

一八九〇年（明治二三）　一九歳
六月、病気となり千葉に転地。九月、郷里中村に帰る。
一八九一年（明治二四）　二〇歳
徴兵検査不合格。四月、上京して中江家に同居。六月、病気のため一時、白山心光寺に転居。国民英学校に通学。
一八九三年（明治二六）　二二歳
三月一日、国民英学校を卒業。九月、板垣退助の主宰する『自由新聞』に入社。
一八九四年（明治二七）　二三歳
一月一日、『自由新聞』に、はじめて秋水生と署名。七月二五日、日清両国の正規軍が戦闘開始（日清戦争）。
一八九五年（明治二八）　二四歳
二月二一日、東京を発して広島へ。三月、小田貫一の『広島新聞』に入社するも、四月に退社。四月一七日、日清間で講和条約（下関条約）締結。四月二三日、ロシア・ドイツ・フランスによる三国干渉。五月、『中央新聞』に入社。
一八九六年（明治二九）　二五歳
四月二六日、社会統計学者の高野岩三郎・経済学者の桑田熊蔵らと社会政策の研究団体を設立（一八九七年四月二四日、社会政策学会と命名）。この年、母多治を東京に迎え、麻布市兵衛町に転居。間もなく旧久留米藩士の娘朝子と結婚したが、ほどなく離婚。
一八九七年（明治三〇）　二六歳

四月三日、政治思想家の樽井藤吉《たるいとうきち》・社会運動家の中村太八郎らと社会問題研究会結成。ジャーナリスト石川安次郎の紹介で入会する。

一八九八年（明治三一）　二七歳
二月、『中央新聞』を去り、『万朝報《よろずちょうほう》』に入社。四月五日、片山潜《せん》・社会問題研究家の横山源之助《げんのすけ》らと貧民研究会を結成。一〇月一八日、社会主義者の安倍磯雄《いそお》・片山潜・幸徳ら、社会主義研究会を結成。

一八九九年（明治三二）　二八歳
七月、国学者師岡正胤《もろおかまさたね》の娘千代子と結婚。一〇月、黒沢正直・樽井藤吉・幸徳ら、東京に普通選挙期成同盟会を組織。一一月、四国非増租同盟会に参加、幹事に選ばれる。

一九〇〇年（明治三三）　二九歳
一月二八日、社会主義研究会を社会主義協会に改組。二月一七日、一八日、『万朝報』紙上に「治安警察法案」を書いて、治安警察法に反対する。三月一五日、一六日、郷里で母多治の還暦の祝いをする。八月三〇日、中江兆民の要請をうけて『万朝報』紙上に「自由党を祭る文」を発表。

一九〇一年（明治三四）　三〇歳
四月、幸徳の第一作品『二十世紀の怪物 帝国主義』刊行。五月一八日、片山潜・幸徳・安倍磯雄ら、社会民主党を結成。一九日に届け出、二〇日禁止される。七月二〇日、『万朝報』社内に「理想団」が結成され、これに参加。九月、中江兆民が『一年有半』を、一〇月には『続一年有半』を刊行。一二月九日、足尾鉱毒事件について田中正造のために直訴状を書く。一二月一〇日、田中は天皇に直訴。一二月一三日、中江兆民没。

一九〇二年（明治三五）　三一歳

一月、日英同盟調印。二月、『長広舌』を出版。五月、『兆民先生』を出版。

一九〇三年（明治三六）　三二歳

七月五日、『社会主義神髄《しんずい》』を出版。一〇月一〇日、『万朝報』が日露開戦（主戦論）に転じたため、これに反対して、幸徳は堺利彦《さかいとしひこ》・内村鑑三《かんぞう》とともに『万朝報』を退社。一一月一五日、幸徳・堺ら平民社を結成、週刊『平民新聞』を創刊。

一九〇四年（明治三七）　三三歳

二月一〇日、ロシアに宣戦布告（日露戦争）。三月二七日の『平民新聞』で幸徳の書いた社説「嗚呼《ああ》増税！」が発禁となり、発行兼編集人の堺利彦が軽禁錮二カ月の入獄。九月一日、『社会民主党建設者ラサール』を出版。一一月一三日、『平民新聞』（第五三号）に堺利彦とともに訳載したマルクスの『共産党宣言』が、発禁となる。一一月一六日、社会主義協会が解散を命じられる。

一九〇五年（明治三八）　三四歳

一月二九日、週刊『平民新聞』（第六四号、文字すべてを赤色で印刷）を廃刊。二月五日、『直言』を後継機関誌として続刊。二月二八日、『平民新聞』の石川三四郎の「小学教師に告ぐ」など一連の『平民新聞』筆禍事件で、禁錮五カ月の刑を受け巣鴨監獄に入る。九月五日、日露講和条約〈ポーツマス条約〉調印。九月一〇日、『直言』発行停止。一〇月九日、平民社解散。一一月一四日、横浜から渡米、一二月五日、サンフランシスコ到着。

一九〇六年（明治三九）　三五歳

一月二二日、オークランドにおけるロシア革命「血の日曜日」記念集会で演説。四月一八日、サンフランシスコ大震災とその後の火災にあう。六月一日、オークランドで社会革命党を結成。六月二三日、帰国。六月二八日、日本社会党主催の歓迎演説会で「世界革命運動の潮流」を発表。七月七日、静養のため帰郷。

一九〇七年（明治四〇）　三六歳

一月一五日、日刊『平民新聞』発刊。二月一七日、日本社会党第二回大会で、田添鉄二《たぞえてつじ》の議会政策に反対し、直接行動論を主張して論争する。二月二二日、日本社会党の結社禁止。四月一四日、日刊『平民新聞』廃刊。四月二五日、『平民主義』を出版、即日発禁。八月、『革命奇談　神愁鬼哭《しんしゅうきこく》』を出版。一〇月二七日、東京を引き揚げて帰郷。

一九〇八年（明治四一）　三七歳
六月二二日、日本の社会主義を弾圧する事件である赤旗事件がおこる。七月二一日、郷里中村の下田港から乗船、上京の途につく。七月二五日から八月八日まで、和歌山県新宮町の医師で社会主義者の大石誠之助《おおいしせいのすけ》邸に滞在。八月一二日、箱根に僧侶で社会主義者の内山愚童《ぐどう》を訪ねる。八月一四日、東京に着く。八月一五日、赤旗事件の第一回公判をきく。淀橋町柏木九二六番地に居を定め、平民社と称する。一〇月一日、平民社を巣鴨に移転。

一九〇九年（明治四二）　三八歳
一月一五日、妻千代子が土佐より上京、平民社に同居。一月三〇日、クロポトキンの『麺麭《パン》の略取』（翻訳）の出版を届け出、即日発禁。二月五日、信州のアナキスト新村《にいむら》忠雄が上京、平民社に同居。二月一三日、亀崎（愛知県）のアナキスト宮下太吉が来訪。三月一日、妻千代子と協議離婚。三月一八日、平民社を千駄ヶ谷に移転。管野スガ・新村も同居。五月二五日、幸徳・管野ら雑誌『自由思想』を創刊、即日発禁。この頃より、管野スガと恋愛関係を生ずる。六月六日、宮下、平民社を訪ね、天皇暗殺計画の実行を語る。幸徳に反応なく、管野に反応あり。六月一〇日、『自由思想』第二号を発行、即日発禁。七月一二日、『自由思想』第一号の出版法違法事件により、東京地裁が罰金一〇〇円の判決。七月一五日、『自由思想』の発禁後頒布《はんぷ》の容疑で、病床の管野が拘引《こういん》される。八月一〇日、『自由思想』第二号の出版法違反で、幸徳・管野に罰金各七〇円の判決。九月一日、東京地裁が管野に罰金四〇〇円の判決。保釈で平民社に帰る。九月二八日、新村、明科《あかしな》（長野県中部）に宮下を訪ね、爆裂弾製造の共同謀議。一〇月八日、管野、脳充血により意識不明に陥る（一一月一日、平民病院に入院）。一一月三日、宮下、明科の山中で爆弾の実験に成功。一一月三〇日、管野、退院して平民社で静養。一一月、幸徳、この頃より心境の変化をきたし、ひそかに直接行動から身をひき、著述に専念する気持ちをいだく。一二月三一日、宮下が来訪。

一九一〇年（明治四三）　三九歳

三月二二日、千駄ヶ谷平民社を解散し、管野をつれて伊豆湯河原温泉天野屋旅館に滞在。『通俗日本戦国史』を執筆。五月一八日、管野、換金刑に服するため東京監獄に入る。五月二五日、信州爆裂弾事件が発覚、いわゆる「大逆事件」の検挙はじまる。五月三一日、刑法第七三条の罪（大逆罪）として起訴され、六月一日、幸徳、湯河原で逮捕、東京監獄に収容される。八月、石川啄木「時代閉塞の現状」を書く（出版は一九一三年）。九月三日、「大逆事件」捜査進行中に『二十世紀の怪物　帝国主義』が発禁処分を受ける。一一月九日、予審《よしん》終結。一一月一〇日、接見禁止を解除される。一一月二〇日、獄中で『基督抹殺論《キリストまっさつろん》』を書きあげる。一一月二二日、アメリカのアナキストであるエマ・ゴールドマンらが、幸徳の処刑に反対する抗議を在米日本大使館に提出。一一月二八日、母多治、土佐から上京、最後の面会。一二月一〇日、公判開始、傍聴禁止。一二月一五日、検事、全員に死刑を求刑。一二月一八日、獄中より今村力三郎、磯部四郎、花井卓蔵の三弁護士にあてた陳弁書をよせ、無政府主義についての正しい理解と取り調べの不備を訴える。一二月二七日から二九日まで、弁護人側、弁論。一二月二七日、母多治、長旅の疲れと寒気に健康を害し、郷里にて死去。一二月二九日、公判終了。

一九一一年（明治四四）

一月一八日、判決。刑法第七三条により幸徳以下二四名に死刑宣告（うち一二名は翌一九日に、無期懲役に恩赦減刑）、二名に有期刑。一月二四日、午前八時六分、死刑執行。享年三九。獄中に絶筆「死刑の前」をのこす。一月二五日、管野の死刑執行。二月一日、遺著『基督抹殺論』出版される。同日、徳冨蘆花、「大逆事件」にかんする「謀叛論《むほんろん》」を一高で講演。二月七日、幸徳の遺骨、郷里中村の正福寺墓地に埋葬される。

訳者あとがき

ふつう幸徳秋水の『帝国主義』と呼ばれている書物は、正確には『廿世紀之怪物 帝國主義』という。二十世紀の歴史をふり返れば、その書名はみごとに事の核心を衝《つ》いていました。

ただし、幸徳はその怪物を難しそうな言葉で分析し暴《あば》きだすというよりは、（誤解を恐れずにいえば）一種の文学的な色合いというか、味わいに乗せて批判していきます。そもそも帝国主義を「怪物」と名づけること自体がそうでしょう。

この古典新訳文庫版の書名は、原著名の尊重ということもありますが、むしろこの書にみえる文学的な側面を重視したといえます。時代と社会のちがいを超えて、読んで面白い理由のひとつは、確かにその点に係わるはずです（「作品としての社会科学」）。

翻訳作業を進めながら、思い浮かんだのは、少々乱暴ないい方のようですが、読めばわかるものを解説する必要はなく、読んでもわからぬものは解説するに値しない、——そんな言葉でした。「解説」で、本の内容自体について、必ずしも深く立ち入って解説しなかったのは、そのためです。

こうも言えるでしょうか。本書の内容を語りだすと、結局まるまる一冊、言いたい（批判したい）ことだらけで、その煩《はん》に堪《た》えない、と。何に対して、言いたいことだらけか。内容が矛盾だらけでツッコミどころ満載だから？　いえ、そうではなくて、現在の世界の、殊《こと》に日本の、殊に政治に対して！　です。二十一世紀初頭の日本社会（ごり押し政治、軍国主義化、貧困、格差拡大、世の風潮など）が、幸か不幸か、本書理解のための特別な「解説」を不要ならしめるというわけです。併せて収録した「死刑の前」は、ある意味でもともと時空を超えた主題（死生観）を扱い、いま読んでも興味深く、少しも色あせていません。

さて訳文ですが、わかりやすさを第一としました。編集部のわかりやすい訳文への執念、いや、情熱は、徹底していて、初校ゲラはその注文に応じて、加筆、書き替え、新たな注……と、てんやわんや、本当に全ページ真っ赤にして返却しました。どこまでその目標が達成できたかは、読者の判断にまつほかありません。

訳者としては、肩の力を抜いて気楽に本書を楽しんでもらえれば、と思います。もしあなたが受験生ならば、十九世紀後半の世界史の、重要な一側面の〝お勉強〟にも役立つかもしれません。そして二十世紀の初め、ひとりの日本人が自分の同時代の世界、および日本をいかに正確に認識していたかを感じとられるでしょう。

最後に、本書の刊行にご尽力くださった駒井稔氏、仕事全体を見守ってくださった中町俊伸氏、そして担当編集者で、校正刷りの読みにくい書き込みを短時間でみごとに処理された佐藤美奈子氏に、心より感謝申し上げます。

二〇一五年四月一日、万愚節《ばんぐせつ》に

訳者

＊底本について

①『二十世紀の怪物　帝国主義』は、『帝国主義』（岩波文庫、二〇一一年、第五刷、山泉進・校注）を底本とし、必要に応じて『廿世紀之怪物　帝国主義』（警醒社、一九〇一年五月一〇日、再版）を参照した。

②「死刑の前」は、『近代日本思想大系13　幸徳秋水集』（筑摩書房、一九七五年、飛鳥井雅道・編集）を底本とし、「死刑の前」の活字本として初出の雑誌『世界評論』（世界評論社、一九五〇年五月号）と校合した。文章に異同のある場合には（ごく稀《まれ》にしかないが）飛鳥井本を採用した。

＊現代語訳について

現在までのところ、①『二十世紀の怪物　帝国主義』は日本語訳が二種、フランス語訳が一種あり、②「死刑の前」は日本語訳が一種ある。

①②『日本の名著44　幸徳秋水』（中公バックス、一九八四年、神崎清・訳）所載の「二十世紀の怪物　帝国主義」「死刑の前」
①『現代語訳　帝国主義』（未知谷、二〇一〇年、遠藤利國・訳）
①Kôtoku Shûsui, *L'impérialisme, le spectre du XXe siècle*, CNRS ÉDITIONS 2008, Texte tarduit, présenté et annoté par Christine Lévy

＊表記について

一、カタカナのルビはすべて原文のもの（例外は「大沽《タークー》」「天津《テンチン》」）。ただし、原文の表記は、現在ふつうに広く使われている日本語表記に変えた。人名・地名についても同様。
例：動物的天性《アニマルインスチンクト》（原文）→動物の本能《アニマル・インスティンクト》（訳文）
例：ミラン（原文）→ミラノ（訳文）
二、［　］内は訳者による。

∴

主要参考文献（本文の注、解説、底本としたもの以外）

林茂『近代日本の思想家たち』（岩波新書、一九五八年）
『幸徳秋水全集』第三巻（明治文献、一九六八年）
絲屋寿雄『幸徳秋水』（清水書院、一九七三年）
松本三之介『明治精神の構造』（岩波現代文庫、二〇一二年）
NHK取材班・編著『日本人は何を考えてきたのか　明治編　文明の扉を開く』（NHK出版、二〇一二年）
幸徳秋水『平民主義』（神崎清訳、中公クラシックス、二〇一四年）

∴

謝辞　右に掲げた各々の書物をはじめとする先人の学恩に感謝する。

kobunsha classics
光文社古典新訳文庫

二《に》十《じっ》世《せい》紀《き》の怪物《かいぶつ》 帝国主義《ていこくしゅぎ》

著者 幸徳《こうとく》秋水《しゅうすい》
訳者 山田《やまだ》博雄《ひろお》

2015年5月20日 初版第1刷発行
2024年9月30日 第4刷発行

発行者 三宅貴久
印刷 大日本印刷
製本 大日本印刷

発行所 株式会社光文社
〒112-8011東京都文京区音羽1-16-6
電話 03（5395）8162（編集部）
03（5395）8116（書籍販売部）
03（5395）8125（制作部）
www.kobunsha.com

ISBN978-4-334-75311-5 Printed in Japan

組版 新藤慶昌堂

いま、息をしている言葉で、もういちど古典を

長い年月をかけて世界中で読み継がれてきたのが古典です。奥の深い味わいある作品ばかりがそろっており、この「古典の森」に分け入ることは人生のもっとも大きな喜びであることに異論のある人はいないはずです。しかしながら、こんなに豊饒で魅力に満ちた古典を、なぜわたしたちはこれほどまで疎んじてきたのでしょうか。

ひとつには古臭い教養主義からの逃走だったのかもしれません。真面目に文学や思想を論じることは、ある種の権威化であるという思いから、その呪縛から逃れるために、教養そのものを否定しすぎてしまったのではないでしょうか。

いま、時代は大きな転換期を迎えています。まれに見るスピードで歴史が動いていくのを多くの人々が実感していると思います。

こんな時わたしたちを支え、導いてくれるものが古典なのです。「いま、息をしている言葉で」——光文社の古典新訳文庫は、さまよえる現代人の心の奥底まで届くような言葉で、古典を現代に蘇らせることを意図して創刊されました。気取らず、自由に、心の赴くままに、気軽に手に取って楽しめる古典作品を、新訳という光のもとに読者に届けていくこと。それがこの文庫の使命だとわたしたちは考えています。

このシリーズについてのご意見、ご感想、ご要望をハガキ、手紙、メール等で翻訳編集部までお寄せください。今後の企画の参考にさせていただきます。
メール　info@kotensinyaku.jp

光文社古典新訳文庫　好評既刊

ぼくはいかにしてキリスト教徒になったか

内村《うちむら》 鑑三《かんぞう》／河野《こうの》 純治《じゅんじ》◉訳

武士の家に育った内村は札幌農学校でキリスト教に入信。やがてキリスト教国をその目で見ようとアメリカに単身旅立つ…。明治期の青年が信仰のあり方を模索し悩み抜いた記録。

三酔人経綸問答

中江《なかえ》 兆民《ちょうみん》／鶴ケ谷真一《つるがやしんいち》◉訳

絶対平和を主張する洋学紳士君、対外侵略をと激する豪傑君、二人に持論を陳腐とされる南海先生。思想劇に仕立て、近代日本の問題の核心を突く兆民の代表作。（解説・山田博雄）

一年有半

中江《なかえ》 兆民《ちょうみん》／鶴ケ谷真一《つるがやしんいち》◉訳

政治への辛辣な批判と人形浄瑠璃への熱い想い。〝余命一年半〟を宣告された兆民による痛快かつ痛切なエッセイ集。豊富で詳細な注により、理念と情念の人・兆民像が浮かび上がる！

梁塵秘抄《りょうじんひしょう》

後白河法皇《ごしらかわほうおう》◉編纂／川村《かわむら》 湊《みなと》◉訳

歌の練習に明け暮れ、声を嗄らし喉を潰すこと三度。サブカルが台頭した中世、聖俗一体の歌謡のエネルギーが、後白河法皇を熱狂させた。画期的新訳による中世流行歌一〇〇選！

歎異抄

唯円《ゆいえん》著　親鸞《しんらん》述／川村《かわむら》 湊《みなと》◉訳

天災や戦乱の続く鎌倉初期の無常の世にあって、唯円は師が確信した「他力」の真意を庶民に伝えずにはいられなかった。ライブ感あふれる関西弁で親鸞の肉声が蘇る画期的新訳！

方丈記

鴨《かもの》 長明《ちょうめい》／蜂飼《はちかい》 耳《みみ》◉訳

出世争いにやぶれ、山に引きこもった不遇の才人・鴨長明が、災厄の数々、生のはかなさを綴った日本中世を代表する随筆。和歌十首と訳者によるオリジナルエッセイ付き。

光文社古典新訳文庫　好評既刊

今昔物語集

作者未詳／大《おお》岡《おか》 玲《あきら》◉訳

エロ、下卑た笑い、欲と邪心、悪行にスキャンダル…。平安時代末期の民衆や勃興する武士階級、人間味あふれる貴族や僧侶らの姿をリアルに描いた日本最大の仏教説話集。

とはずがたり

後《ご》深《ふか》草《くさ》院《いん》二《に》条《じょう》／佐《さ》々《さ》木《き》和《わ》歌《か》子《こ》◉訳

14歳で後宮入りし、院の寵愛を受けながらも、その若さと美貌ゆえに貴族との情事を重ねることになった二条。宮中でのなまなましいまでの愛欲の生活を綴った中世文学の傑作！

好色一代男

井《い》原《はら》 西《さい》鶴《かく》／中《なか》嶋《じま》 隆《たかし》◉訳

七歳で色事に目覚め、地方を遍歴しながら名高い遊女たちとの好色生活を続けた世之介。光源氏に並ぶ日本文学史上最大のプレイボーイの生涯を描いた日本初のベストセラー小説。

好色五人女

井《い》原《はら》 西《さい》鶴《かく》／田《た》中《なか》 貴《たか》子《こ》◉訳

江戸の世を騒がせた男女の事件をもとに西鶴が創り上げた、極上のエンターテインメント五編。恋に賭ける女たちのリアルが、臨場感あふれる新訳で伝わる性愛と「義」の物語。

太平記（上）

作者未詳／亀《かめ》田《だ》 俊《とし》和《たか》◉訳

陰謀と寝返り、英雄たちの雄姿と凋落。足利尊氏・直義、後醍醐天皇、新田義貞、楠木正成らによる日本各地で繰り広げられた南北朝期の動乱を描いた歴史文学の傑作。（全2巻）

太平記（下）

作者未詳／亀《かめ》田《だ》 俊《とし》和《たか》◉訳

後醍醐天皇は吉野に逃れ、幕府が優位を築くも、驕った高師直らは専横をきわめる。やがて観応の擾乱が勃発。紆余曲折の末、足利政権が覇権を確立していく様をダイナミックに描く。

光文社古典新訳文庫　好評既刊

帝国主義論
レーニン／角田《つの》《だ》安正《やすまさ》◉訳

二十世紀初期に書かれた著者の代表的論文。ソ連崩壊後、社会主義経済を意識しなくなり、変貌を続ける二十一世紀の資本主義を理解するうえで改めて読む意義のある一作。

永遠平和のために／啓蒙とは何か　他3編
カント／中山《なかやま》元《げん》◉訳

「啓蒙とは何か」で説くのは、自分の頭で考えることの困難と重要性。「永遠平和のために」では、常備軍の廃止と国家の連合を説く。現実的な問題意識に貫かれた論文集。

リヴァイアサン（全2巻）
ホッブズ／角田《つの》《だ》安正《やすまさ》◉訳

「万人の万人に対する闘争状態」とはいったい何なのか。この逆説をどう解消すれば平和が実現するのか。近代国家論の原点であり、西洋政治思想における最重要古典の代表的存在。

自由論
ミル／斉藤《さいとう》悦則《よしのり》◉訳

個人の自由、言論の自由とは何か。本当の「自由」とは。二十一世紀の今こそ読まれるべき、もっともアクチュアルな書。徹底的にわかりやすい訳文の決定版。（解説・仲正昌樹）

社会契約論／ジュネーヴ草稿
ルソー／中山《なかやま》元《げん》◉訳

「ぼくたちは、選挙のあいだだけ自由になり、そのあとは奴隷のような国民なのだろうか」。世界史を動かした歴史的著作の画期的新訳。本邦初訳の「ジュネーヴ草稿」を収録。

人間不平等起源論
ルソー／中山《なかやま》元《げん》◉訳

人間はどのようにして自由と平等を失ったのか？　国民がほんとうの意味で自由で平等であるとはどういうことなのか？　格差社会に生きる現代人に贈るルソーの代表作。